Einaudi. Stile libero Big

Dello stesso autore nel catalogo Einaudi

Almost Blue
Il giorno del lupo
Mistero in blu
L'isola dell'Angelo caduto
Guernica
Un giorno dopo l'altro
Laura di Rimini
Lupo mannaro
Medical Thriller (con E. Baldini e G. Rigosi)
Falange armata
Misteri d'Italia
Il lato sinistro del cuore
Nuovi misteri d'Italia
La mattanza
Piazza Fontana
L'ottava vibrazione
Storie di bande criminali, di mafie e di persone oneste
G8. Cronaca di una battaglia

Carlo Lucarelli

La faccia nascosta della luna

Storie di delitti e misteri tra musica, cinema e dintorni

Einaudi

I libri di Carlo Lucarelli sono stampati su carta ecosostenibile CyclusOffset, prodotta dalla cartiera danese Dalum Papir A/S con fibre riciclate e sbiancate senza uso di cloro. Nel caso si verifichino problemi o ritardi nelle forniture, si utilizzano comunque carte approvate dal Forest Stewardship Council, non ottenute dalla distruzione di foreste primarie. Per maggiori informazioni: www.greenpeace.it/scrittori

www.einaudi.it

ISBN 978-88-06-19541-0

La faccia nascosta delle stelle

Che esista una faccia nascosta della luna lo sappiamo, ce l'hanno detto anche i Pink Floyd.

Che cosa succeda da quelle parti, invece, ce l'ha svelato Astolfo nell'*Orlando Furioso*: ci va a finire il senno di quelli che l'hanno perso, ci aleggiano, liberi e inafferrabili, la ragionevolezza, la concretezza, la sicurezza, l'equilibrio e la normalità di chi sull'altra faccia della luna, quella visibile a tutti, ci vive ogni giorno. Anzi, vive anche piú in su della luna, ancora piú in alto, sulle stelle.

Ecco, esiste una faccia nascosta delle stelle?

Di sicuro esiste una faccia nascosta delle star. Soprattutto quelle del cinema e della musica, e in particolare in quella piú maledetta: il rock. Un volto oscuro che si trova spesso fotografato di fronte e di profilo nelle *mug shots* – come si chiamano negli Stati Uniti le foto segnaletiche scattate dalla polizia dopo l'arresto. O che si trova nelle istantanee di cronaca nera, nelle aperture dei telegiornali o nelle riprese dei processi. Oppure su Internet, a volare inarrestabile sulle ali della piú sfrenata dietrologia. Perché sono strane storie di omicidi, sparizioni, incidenti, suicidi, guai giudiziari ma anche di episodi incredibili che restano misteriosi.

Che significa, tutto questo? Che quel mondo, quello del cinema e della musica, è un mondo malato? Che quando uno comincia suonare un certo tipo di rock, per esempio, a cantare certe cose e a comportarsi in un certo modo, prima o poi finisce male? Che quel tipo con i capelli tagliati cosí, quell'altro che sta seduto storto sulla sedia mentre lo fotografano e quell'altro ancora, che ha mollato un lavoro sicuro per andarsene in giro con la band, se la sono cercata la loro maledizione?

Nó di certo.

Stiamo parlando di grandi interpreti, stiamo parlando di arte e di cultura, di sperimentazione e di ricerca, o molto semplicemente di poesia.

Però stiamo anche parlando di genio e quindi – non sempre ma molto spesso – anche di sregolatezza. Dell'inquietudine e della solitudine della creazione artistica. Della trasgressione ribelle che è il punto di partenza per scardinare tutte le regole e inventare qualcosa di nuovo. E di fortissime personalità, ma spesso fragili e troppo esposte, perché vivere lassú, sull'altra faccia della luna, non è facile.

Con tutti questi elementi, se nelle storie che raccontiamo in questo libro accadono cose eccezionali, ecco, è soltanto normale.

La faccia nascosta della luna

Morti misteriose

ELIZABETH ANN SHORT, LA DALIA NERA

Una ossessione chiamata Black Dahlia

È stata l'ossessione di uno scrittore come James Ellroy, che ne ha fatto il tema del suo primo romanzo di successo, anche se di spunti noir ne avrebbe trovati tanti nella propria biografia, a partire dall'omicidio della madre. È uno dei casi piú raccontati dalle *crime libraries*, i siti di criminologia presenti su Internet, ed è anche un film, *The Black Dahlia*. Il caso della Dalia nera ha ormai piú di sessant'anni e dovrebbe appartenere alla storia, invece continua ad appassionare e ossessionare chi se ne occupa. Perché? Chi era la Dalia nera? E cosa le è successo di cosí terribile?

15 gennaio 1947. Fa freddo. Il cielo è coperto da nubi grigiastre. La signora Betty Bersinger è una casalinga come tante e sta passeggiando con la figlia di tre anni lungo la strada di un quartiere residenziale, nel centro di Los Angeles, quando qualcosa cattura la sua attenzione. Su un prato a pochi passi dal marciapiede c'è una specie di manichino scomposto, disarticolato. Anzi, a guardare bene sembra proprio che sia stato diviso in due. La signora si avvicina di piú, incuriosita, e si rende conto che quello che sta guardando non è un manichino, ma un corpo umano diviso in due con la faccia devastata e rivolta verso l'alto, le braccia alzate sulla testa e piegate ad angolo retto, come quando ci si arrende. Poco sotto il torso, spostato verso la sua sinistra, c'è il resto del bacino, con le gambe allargate.

L'hanno tagliata in due. Come una bambola.

La donna corre a chiamare la polizia da una cabina telefonica. Poco dopo accorrono sul posto i detective Harry Hansen e Finis Brown del Lapd, il distretto di polizia di Los Angeles, perché il luogo del ritrovamento è sulla Norton Avenue, fra la Trentanovesima e Coliseum Street. Il posto è già affollato di curiosi e reporter che si agitano confondendo le tracce. I due detective constatano subito che il corpo è stato pulito dal sangue, e non essendocene neppure sul luogo risulta ovvio che la donna sia stata trasportata lí da un'altra parte. È stata picchiata con ferocia ed è piena di lividi, mancano anche dei pezzi di pelle. Il fatto che sotto il corpo ci sia la brina vuol dire che non è stato lasciato sull'erba che dopo le due del mattino. L'orrore però non è finito. Le budella sono state sistemate con cura sotto i glutei e sul viso sono stati inferti due colpi con una lama affilata. Due tagli profondi che allargano la bocca fin sotto le orecchie conferendo alla donna un grottesco sorriso da clown. I capelli fradici e aggrovigliati sono marroni e probabilmente sono stati da poco trattati con l'henné, le unghie delle mani sono morsicate a sangue. Dei segni profondi ai polsi e alle caviglie indicano che la donna è stata legata e forse torturata. Tra le gambe è stata spinta a forza dell'erba fin dentro la vagina e la vittima è stata sodomizzata dopo la morte. No, non c'è fine all'orrore, in questo caso.

Il coroner prende le misure delle due parti corporee, il loro peso e le impronte digitali, per capire a chi appartenga quel corpo cosí straziato. Salta fuori che quattro anni prima, il 23 settembre 1943, una ragazza era stata fermata in stato di ubriachezza a Santa Barbara. È grazie a queste impronte che l'Fbi può dare un'identità al corpo seviziato trovato a Los Angeles. È Elizabeth Ann Short, ventitre anni, nata a Hyde Park, nel Massachusetts. Negli uffici dell'Fbi arriva anche una foto che viene inviata subito alla polizia di Los Angeles.

È un attimo, e la foto è già sotto gli occhi di tutti i reporter che si accorgono del fascino di quella donna: capelli castani, occhi celesti, pelle chiara, molto chiara, come d'alabastro, e labbra colorate con un rossetto vistoso e sensuale, color sangue. Elizabeth, che preferisce farsi chiamare Beth, incarna in pieno la donna perfetta degli anni Quaranta: gambe carnose, fianchi pieni e un piccolo naso all'insú. Immediatamente qualche giornalista telefona a casa della madre di Beth e con la scusa che sua figlia ha vinto un concorso di bellezza le estorce informazioni e curiosità, poi, come se niente fosse, ne comunica la morte.

I giornali impazziscono, si impadroniscono della storia e titolano in prima pagina e a caratteri cubitali: *La polizia indaga su folli perversioni nell'omicidio di una ragazza*, e da quel momento tutti i giornali chiamano Beth la Dalia nera.

Ma chi è Elizabeth Ann Short? E perché la chiamano la Dalia nera? Elizabeth è una ragazza che abbandona gli studi per fare la cameriera e che decide di raggiungere il padre in California. Col genitore si sposta a Los Angeles, ma dopo un litigio va via anche da lui e trova lavoro in un ufficio postale a Camp Coke, sempre in California. Poi però viene fermata ubriaca dalla polizia a Santa Barbara, dove si è ulteriormente trasferita, e quindi rispedita a casa dalla madre. Beth lavora alla mensa universitaria per un breve periodo, poi va in Florida dove incontra il maggiore dell'Aeronautica Matthew M. Gordon jr, in procinto di partire per le operazioni di guerra nel Sudest asiatico. Matthew viene ferito e da un ospedale in India scrive a Beth chiedendole di sposarlo. La ragazza accetta, ma Matthew muore in un incidente aereo il 10 agosto 1945. Beth torna di nuovo in California, a Long Beach. È probabilmente in questo periodo che viene soprannominata la Dalia nera, a causa della sua passione per un film intitolato *La dalia azzurra*, sceneggiato anche dal famoso scrittore Raymond Chandler, creatore dell'investigatore Philip Marlowe. Dalia nera e non azzurra, perché si veste sempre di nero. Beth vuole diventare attrice, e nel 1946 si trasferisce a Hollywood. L'ultima volta che viene vista viva è con un uomo nella hall dell'Hotel Biltmore, il 9 gennaio 1947, sei giorni prima del ritrovamento del suo corpo. Dicono che sia una squillo e che sia disposta a tutto pur di avere una particina in qualche film, ma anche qui c'è qualcosa di strano, qualcosa che non torna, perché Beth non può avere rapporti sessuali normali a causa di una disfunzione genitale.

Durante le indagini, tra le tante speculazioni, autoaccuse, illazioni e macabre fantasie, emergono pochi indizi rilevanti. Il 25 gennaio in un cassonetto dell'immondizia al numero 1819 della Venticinquesima strada, a diversi metri dalla scena del crimine, vengono ritrovate la borsetta di pelle di Beth e una delle sue scarpe nere. Nove giorni dopo il ritrovamento del corpo arriva un pacco a uno dei detective incaricati delle indagini. Il pacco emana un forte odore di benzina, usata per cancellare accuratamente tutte le impronte. Nell'involucro ci sono gli effetti personali della vittima, compresi il certificato di nascita di Beth, alcune fotografie, il necrologio di Matthew Gordon e la tessera della previdenza sociale. C'è anche una rubrica all'interno della quale sono segnati ben settantacinque nomi di uomini. Vengono tutti rintracciati dalla polizia e raccontano piú o meno la stessa storia. Beth li ha avvicinati in un pub o per strada, loro le hanno offerto da bere o una cena per poi non vederla mai piú. Lei aveva chiarito che non intendeva avere un rapporto sessuale con loro. Forse uno di quegli uomini o qualcun altro ancora non ha gradito questa sua scelta?

Le indagini sul delitto sono state tra le piú vaste nella storia del Lapd e hanno coinvolto centinaia di agenti anche di altri distretti, tutti ossessionati dalla volontà di risolvere quel caso cosí orribile, di trovare la ragione di quella morte cosí agghiacciante. Centinaia anche i sospettati e migliaia le persone interrogate, tra cui circa venti ex fidanzati di Beth. Sessanta uomini si sono autoaccusati del delitto.

Nonostante tutto, però, il caso della Dalia nera resta un omicidio irrisolto che ha un colpevole soltanto nella fantasia di James Ellroy e del regista Brian De Palma, che ha tratto il film dal suo romanzo. Un caso incredibilmente efferato, con una vittima bellissima e strana e un assassino sconosciuto. Abbastanza per diventare un'ossessione.

JIMI HENDRIX

Perché muoiono tutti a ventisette anni?

C'era Groucho Marx che diceva sempre una cosa, una delle sue, diceva piú o meno: «Non vorrei mai far parte di un club che contasse fra i suoi membri uno come me».

Ecco, c'è un club di cui sicuramente nessuno vorrebbe far parte, anche se i suoi membri sono famosi e geniali, artisti amati e affascinanti come Janis Joplin, per esempio, o Jim Morrison, o Brian Jones, Kurt Cobain, Gram Parsons e Robert Johnson. Si chiama Club del 27, e ha questo nome perché tutti i suoi membri sono morti a ventisette anni, alcuni di loro anche a distanza di pochi giorni, come Janis Joplin, per esempio, e un altro grande della musica attorno alla cui morte sono nate numerosissime leggende, e anche qualche ipotesi. Si chiama Jimi Hendrix.

Per chi non lo conoscesse, Jimi Hendrix è quel chitarrista nero, con una gran testa di capelli afro e una fascia sulla fronte, che suona la sua Fender Stratocaster con la lingua e dietro la schiena e poi le dà fuoco ai megaconcerti degli anni Sessanta, come quelli di Woodstock o di Monterey. Ma questo è soltanto il mito, le immagini che si vedono in Tv quando si fa revival. Per chi lo conosce, James Marshall Hendrix detto Jimi è uno dei musicisti piú rivoluzionari del rock, uno dei chitarristi piú straordinari e innovativi, riconosciuto all'unanimità come il piú grande chitarrista elettrico di tutti i tempi. Distorsioni lancinanti, un uso sperimentale che va dal finger-picking al wah-wah, dal plettro ai pedali, dal feedback all'effetto Larsen, dai controlli di tono ai distorsori. Hendrix era un maestro nel riuscire a tirar fuori dalla chitarra suoni mai ascoltati prima di allora. Ma non è solo tecnica la sua, c'è anche una selvaggia energia del suo modo di suonare e l'irresistibile carica sessuale dei suoi atteggiamenti. E tutto questo in poco piú di quattro anni. Insomma, lui, Jimi Hendrix.

Quello che viene considerato il piú grande virtuoso della chitarra elettrica di tutti i tempi muore il 18 settembre 1970 a Londra in una camera d'albergo, il Samarkand Hotel. Hendrix si trova lí assieme a una ragazza che si chiama Monika Dannemann, che era una groupie, una fan che seguiva Hendrix nei concerti e che poi è finita per diventare piú di una fan e piú di un'amica. Appena entra in camera e lo vede, steso sul letto, capisce che sta molto male e chiama il dottore. Il dottor Bannister interviene, constata che il cantante è in fin di vita e lo manda in ospedale, ma Jimi Hendrix muore poco dopo esserci arrivato. È il 18 settembre 1970. James Marshall Hendrix era nato a Seattle il 27 novembre 1942. Ventisette anni prima, quasi ventotto, ma comunque ancora ventisette. Eccolo qua, il Club del 27.

Va bene. Ma è per questo che è morto Jimi Hendrix? Per una maledizione che stermina alcuni musicisti bloccandone la vita a ventisette anni? Probabilmente no, anche se alcune spiegazioni della sua morte, alcune teorie, non sono meno stravaganti.

Una è questa: Jimi Hendrix è stato ucciso dalla Cia. Non è una novità, la Cia sta alla base di moltissime dietrologie, quelle che negli Stati Uniti si chiamano «teorie del complotto». Ma perché la principale agenzia di spionaggio americana avrebbe dovuto avercela con un chitarrista virtuoso?

C'è un simbolo dell'odio reciproco che opponeva Jimi Hendrix all'establishment, al «sistema» americano, ed è una canzone. O meglio, il modo di suonare una canzone. La canzone è l'inno degli Stati Uniti, *The Star-Spangled Banner*, quella che si canta a voce spiegata, in piedi e con la mano sul cuore a ogni manifestazione, dal campionato di baseball del paese alla finale del Superbowl di football. Jimi Hendrix lo suona al grande raduno del Festival di Woodstock, ma si sente subito che non è il solito inno: distorto, stonato, dissacrato e irriverente, con la chitarra che emette i suoni alla Hendrix, ma che questa volta sembrano raffiche di mitra. È la mattina del 19 agosto 1969, c'è la guerra in Vietnam, ed è proprio di quella che Hendrix sta parlando.

Va bene, ma basta una canzone per uccidere un uomo? L'inno distorto è solo uno dei peccati che Hendrix dovrebbe scontare nei confronti dell'establishment e del modello di vita americano. Un po' messicano, un po' cherokee e per il resto afroamericano, cioè nero, James Marshall Hendrix nasce come ribelle che si fa buttare fuori dalla scuola e diventa un simbolo della controcultura e della protesta che in quegli anni anima l'America di Nixon e del Vietnam. Quell'America che la Cia deve difendere. Ed ecco, quindi, che agenti dell'Agenzia vanno a Londra, avvelenano Hendrix simulando un'overdose di barbiturici e lo tolgono di mezzo. Controprova per questa teoria, gli altri membri del Club del 27 che muoiono a distanza di pochi mesi l'uno dall'altro: Janis Joplin, morta anche lei per overdose il 3 ottobre del 1970, cioè neanche un mese dopo, e Jim Morrison, morto il 2 luglio del 1971, e guarda un po', anche lui di overdose. Che ci sia una sezione della Cia specializzata nell'eliminare le rockstar scomode?

C'è un'altra teoria, piú diretta e concreta e forse meno affascinante, che si basa sulla tendenza maledetta di molte rockstar all'autodistruzione. Sesso, droga e rock and roll, insomma.

Jimi Hendrix viene arrestato per droga la prima volta nel 1969, quando all'aeroporto di Toronto gli trovano dell'eroina nel bagaglio. Lui giura che non la usa, che gliel'ha messa qualcuno per incastrarlo, viene liberato su cauzione ma non ci credono in molti, e comunque sicuramente usa molte altre cose. Non è un tipo facile, Jimi, negli ultimi tempi è molto inquieto, è un genio che corre sempre avanti e fa fatica a trovare musicisti che gli stiano dietro, è solo, sia nel lavoro che nella vita. Ogni tanto scoppia, come quando si mette a litigare con il pubblico durante i concerti, o i produttori lo lasciano in sala d'incisione perché è troppo fatto. Succede, con uno come Jimi.

Quella sera del 18 settembre 1970 Jimi Hendrix aveva appena terminato un tour abbastanza burrascoso. Va in camera e chiede a Monika delle pillole per dormire. Monika gli dà una manciata di pasticche di Vespax e lui le butta giú tutte in un colpo. Sono tante, soprattutto se unite a quello che ha bevuto e che ha preso quella sera. Poi, piú niente, fino al dottore e all'ambulanza.

Overdose da barbiturici, dice prima il dottor Bannister, poi corregge: soffocamento da vomito. Ma quando, se in ambulanza era ancora vivo? E qui si affaccia un'altra teoria, che molto piú prosaicamente non ha a che fare con la Cia ma con un affare di malasanità londinese. Forse, dice qualcuno, l'infermiere che lo assisteva in ambulanza non ha capito cosa stava succedendo, credeva fosse una crisi d'astinenza e ha pensato soltanto a tenerlo fermo e non a liberargli la gola. Può essere.

La dietrologia, però, è dura a morire, e a parte l'ovvia ipotesi del suicidio, che potrebbe anche diventare istinto all'autodistruzione, la pista dei servizi segreti continua a tenere banco.

Con un'aggiunta.

Per un po' qualcuno ha fatto il nome di Monika, la ragazza che era con lui in albergo. Il dottor Bannister parla confusamente di vino rosso versato sul volto di Jimi e qualcuno pensa che forse a ucciderlo possa essere stata proprio lei. Perché? Perché aveva litigato con Hendrix? O perché glielo aveva detto la Cia?

La povera Monika si è portata dietro questo sospetto per tutta la vita, assieme al senso di colpa di essere stata presente mentre Jimi Hendrix moriva e di non essere riuscita a salvarlo. Un peso cosí forte che nel 1996 la donna si suicida.

Ci sarà la Cia anche dietro quel suicidio?

O non sarà, piú semplicemente, anche quella della morte di Jimi Hendrix un'altra storia maledetta del rock?

Va bene, ma in ogni caso, come mai muoiono tutti a ventisette anni?

NICK DRAKE

Finché non finisce la benzina

Immaginate di vedere un tizio con i capelli lunghi, anche sporchi, trasandato, con le scarpe sfondate, un barbone, insomma. Sta dentro la cabina telefonica di un pub sulla strada per Birmingham, in Inghilterra, e compone un numero con le dita dalle unghie lunghe, che non si taglia da settimane. Fuori c'è la sua macchina che è rimasta senza benzina. A vederlo cosí potrebbe sembrare un criminale che l'ha rubata, quella macchina, un pazzo che sta scappando, e invece no, perché è la macchina di sua madre, e infatti l'uomo la sta chiamando per dirle che è rimasto senza benzina, non sa neanche lui dove, e che qualcuno venga a prenderlo. E se è cosí trasandato è perché è povero. Ed è cosí smarrito, sconclusionato e strano non perché sia pazzo, ma perché è depresso. E perché è un artista, un poeta, nel suo genere un genio.

Si chiama Nick Drake.

Nicholas Rodney Drake ha una biografia da poeta romantico inglese fin dall'inizio, perché nasce a Rangoon, in Birmania, dove suo padre, che fa l'ingegnere, si è trasferito con tutta la famiglia a costruire case di legno per la Bombay Burma Trading. Ma in particolare il piccolo Nicholas, e poi Nick inquieto adolescente, ha letture da poeta romantico. I romantici inglesi come Coleridge, che studia all'università di Cambridge, i simbolisti e i decadenti francesi come Mallarmé e Rimbaud e Verlaine, che studia all'università di Aix, vicino a Marsiglia, in Francia. È quella la sensibilità del giovane Nick, decadente, autunnale, malinconica, inquieta e sottilmente disperata. Sarebbe diventato un poeta, sicuramente, un poeta solo di parole, se sua madre non fosse stata appassionata di musica e un po' musicista anche lei. Cosí il giovane, inquieto Nick, nonostante al college vada benissimo nello sport, stabilisca il record dei cento metri piani e faccia anche il capitano della squadra di rugby, non diventa né un letterato né un muscoloso sportivo, ma si mette a studiare il pianoforte, il clarinetto e il sassofono, poi si compra una chitarra e diventa un musicista.

Il suo primo album lo pubblica nel 1969, si chiama *Five Leaves Left*, poi seguono *Bryter Layter* nel 1970 e *Pink Moon* nel 1972. Basta, solo tre album, molti concerti nei club inglesi, registrazioni alla radio della Bbc per il *John Peel Show*, che fa suonare gruppi e cantanti dal vivo e *unplugged*, senza strumenti elettronici. Poche cose dal punto di vista della quantità, che però fanno di Nick Drake un classico, un precursore, uno che influenzerà un sacco di gente che verrà dopo, con uno stile semplice, autunnale, crepuscolare, malinconico, che farà scuola. Insomma, fatte le dovute differenze, un tipo alla Luigi Tenco.

Ora, i geni e i poeti, specie se precursori, non hanno vita facile nel mondo, e soprattutto in quello della musica. Nick Drake, poi, non è un tipo facile già di per sé.

Con la droga, per esempio, comincia ad avere problemi fino da quando è all'università. Canne, naturalmente, fa un viaggio in Marocco con i suoi compagni di scuola e scopre il fumo, ma anche gli allucinogeni come l'Lsd, che restano la sua droga preferita. Poi arriva anche l'eroina.

Certo, Nick Drake è un musicista, è un animo inquieto, è un poeta, di storie di droga come la sua ce ne sono tante nel mondo della musica, e mica sempre sono andate a finire male. Ma con Nick è diverso. Perché Nick è debole, no, anzi, debole no, non è la parola giusta. Nick è fragile e sensibile, come le sue canzoni.

Ha paura di salire sul palco, e quando suona dal vivo, e ha sempre successo, si spaventa e alla fine del brano o del concerto scappa via. Si convince anche che non riuscirà piú a scrivere canzoni e decide di cambiare mestiere, ogni volta un mestiere diverso, anche la carriera militare, che invece sarebbe proprio l'ultima cosa, per uno come lui.

Soffre di una depressione che diventa sempre piú grave col passare del tempo, ma in fretta. Si comporta in modo strano, Nick. Per lunghi periodi non si lava, non si cura, non prende gli antidepressivi che lo psichiatra del Saint Thomas Hospital gli ha prescritto. Non ha praticamente una casa e dorme dove gli capita. I suoi amici raccontano che Nick arriva all'improvviso, non parla, riponde a monosillabi, si siede sul divano a bere e fumare e poi, un paio di giorni dopo, non lo trovano piú. È in quei giorni che prende la macchina della madre e va non sa neanche lui dove, finché non gli finisce la benzina.

C'è un salvagente per tutto questo, un canotto di salvataggio a cui si aggrappano tutti i poeti, gli artisti, i musicisti come lui che vanno alla deriva tra droga, alcol e depressione. Sono i soldi. Ma di soldi, Nick, non ne ha. La sua casa discografica, la Island Records, lo ha messo sotto contratto per venti sterline a settimana, venti sterline, e non era una cifra neanche allora, nei primi anni Settanta. Certo, ci sono i suoi dischi, ma non vendono niente. Il primo album meno di tremila copie, l'ultimo, quello che va meglio, meno di quindicimila. La critica stravede per lui, gli altri musicisti lo ammirano e lo copiano, ma il pubblico praticamente non sa neanche che esiste. La sua deriva Nick non la fa in una villa da star, circondato da gente di tutti i tipi, con i fan che si accalcano per vederlo. La fa da solo.

La sera del 25 novembre del 1974, è domenica, Nick è a casa dei suoi. Va a letto presto, si alza all'alba, va in cucina e torna a letto. Sua madre lo sente muoversi per la casa, poi dall'alba a mezzogiorno non sente piú niente. Si preoccupa perché Nick non dorme mai molto neanche quando prende i suoi sonniferi, ed è dall'età di cinque anni che ha un sonno agitatissimo, interrotto da incubi. Che stia cosí in silenzio, e a quell'ora, non è normale. Cosí entra in camera e lo trova steso di traverso sul letto. Ucciso da un'overdose di Tryptizol, un potentissimo antidepressivo.

Anche se non ha i soldi e i fan delle altre star che hanno avuto il suo destino, a Nick Drake succedono subito le due cose che accadono a quelli come lui.

La prima è la serie di ipotesi che accompagna la sua morte. Nick si è sbagliato. Ha preso per caso una dose eccessiva di Tryptizol mescolata alla Stelazina e al Dispal prescritti nella sua terapia antidepressiva, che assieme ai sonniferi presi per dormire ha avuto un effetto letale e lo ha ucciso. La colpa è dei medici che gli hanno prescritto cose sbagliate.

No, dice la sorella Gabrielle. Nick era un esperto di medicinali, era una sua mania, sapeva quello che prendeva e gli effetti collaterali, non avrebbe mai fatto un errore del genere.

Allora si è suicidato. Uno come lui può averlo fatto. La frustrazione del successo mancato, la convinzione di non riuscire piú a scrivere, la paura del pubblico, la mancanza di indipendenza economica, la depressione, la droga... c'è bisogno d'altro? Però non ha lasciato nessun biglietto, nessun messaggio, e uno come lui, un poeta, almeno le ultime parole al mondo le avrebbe scritte. Certo, c'è qualche verso nelle sue canzoni che sembra parlare di suicidio, ma c'è anche l'album che stava scrivendo, altre parole, altra musica, altre canzoni. Un artista non lascia a metà quello che sta facendo, se non capita qualcosa di tremendo, e lui, in quei giorni, si era anche avvicinato alla sua vecchia ragazza.

Allora l'ha ucciso l'eroina, dicono le ultime ipotesi, un'overdose accresciuta dal cocktail di farmaci assunti per cercare il sonno che non riusciva ad arrivare.

Qualunque sia la causa della morte di Nick Drake, la dietrologia è la prima delle sue conseguenze. La seconda è che diventa famoso.

Finalmente, Nick Drake diventa Nick Drake, il poeta, il genio, il precursore, celebrato dagli altri artisti che dichiarano il debito nei suoi confronti, come i Rem o i Cure, e anche dal pubblico, che adesso comincia a comprare i suoi dischi.

Come dice Ian McDonald, dei King Crimson: «Sono stato un po' fuori dal mondo della musica e poi, all'inizio degli anni Ottanta, sono tornato e ho scoperto che Nick era diventato famoso».

SID E NANCY

Chelsea Hotel, camera 100

C'è un albergo nel quartiere di Chelsea, a Manhattan, New York. Non è una gran bellezza e negli anni Settanta lo era ancora meno, un palazzone con una facciata di finestre e scale antincendio, ma è uno degli hotel piú famosi del mondo per chi segue un certo genere di musica, di arte o di poesia. Genere alternativo, intenso, originale, geniale e soprattutto maledetto. Al Chelsea Hotel hanno vissuto poeti come Dylan Thomas, Eugene O'Neill e Allen Ginsberg, musicisti come Bob Dylan, Janis Joplin, Leonard Cohen, e Patty Smith, poi anche Jane Fonda e Andy Warhol. Non ci hanno solo vissuto, ci hanno composto canzoni e poesie, perché al proprietario Stanley Bard piacevano gli artisti, e stare al Chelsea prima costava poco e poi era diventato di moda, e ci si faceva di tutto. E qualche volta ci si moriva. Come successe la notte dell'11 ottobre 1978 a Sid e Nancy.

Alla camera 100 sono registrati come il signore e la signora John Ritchie. Qualcuno, verso le undici del mattino, ha telefonato alla reception per dire che c'erano dei problemi alla stanza 100, poi ha chiamato ancora, perché, ha detto, c'è qualcuno che si sente male. Allora è salito un ragazzo che ha aperto la stanza con il passe-partout e ha trovato una ragazza bionda stesa sul pavimento del bagno, con addosso il reggiseno e un paio di pantaloni di pelle. Ha uno squarcio nella pancia e c'è sangue dappertutto. La signora Ritchie è morta e il signor Ritchie lo trovano in corridoio. È un giovane magro, con i capelli «sparati» sulla testa, come si diceva allora, dritti e scomposti, è in evidente stato di agitazione e dice strane cose, come *I killed her... I can't live without her*, l'ho uccisa, non posso vivere senza di lei. La polizia non riesce a tenerlo fermo nonostante sia strafatto di Tuinal, e questo lo sanno perché lo conoscono tutti il signor John Simon Ritchie, anche se con un altro nome. Lo conoscono come Sid Vicious, l'ex bassista dei Sex Pistols.

Ci sono un paio fotografie che possono servire a raccontare bene questa storia. Una ritrae assieme i componenti dei Sex Pistols, uno dei primi e piú oltraggiosi gruppi punk, quelli che si sono fatti arrestare per aver suonato la canzone *God Save the Queen*, ritenuta blasfema perché porta il titolo dell'inno nazionale inglese, su un barcone sul Tamigi, davanti al palazzo reale il giorno del compleanno della regina, che vanno alla radio e si fanno buttare fuori perché bestemmiano e dicono le parolacce e che pubblicano un album rivoluzionario come *Never Mind the Bollocks*, piú o meno «lasciate perdere i coglioni». Certo, non ci sono solo loro ad animare il movimento punk, che in quegli anni cambia il modo di fare musica portando una violenta ventata di spontaneismo ed energia. Ci sono anche i Clash, gli Stranglers, i Damned, i Ramones in America, e ci sono anche i primi Police, che ai concerti dicono: «Bene, adesso fingiamo di non saper suonare e facciamo un po' di punk», ma in quel momento i Sex Pistols sono i piú rappresentativi. Tutti e quattro contro un muro, magliette strappate con la bandiera inglese, catene alla cintura, borchie ai polsi, John Lydon, il cantante, detto Johnny Rotten, Johnny il Marcio, con una birra in mano, e Sid piegato in avanti, la faccia schifata, la medaglietta di un cane al collo e le mani strette sul cavallo dei pantaloni.

Nella seconda fotografia ci sono Sid e Nancy ammanettati assieme. Lui è magrissimo, a torso nudo, la bocca storta e lei è vestita di pelle, il giubbotto aperto su un seno pieno, biondissima e ossigenata. Lo hanno fatto apposta di ammanettarsi, perché stanno insieme da quando lei lo ha conosciuto a un concerto dei Sex Pistols. Lei è strana parecchio, incontrollabile fino da quando era bambina, e i suoi le davano sedativi già all'età di tre mesi, e a quattro anni la portavano dallo psichiatra. A tredici comincia a drogarsi regolarmente e a farsi chiamare *nauseating Nancy*, nauseabonda Nancy. È energica e volitiva, e quando conosce Sid lo domina completamente, e a lui va benissimo. Lo porta via dai Sex Pistols, che si sciolgono, lo porta a New York e girano per locali, ma lui è sempre cosí fatto che stenta a stare in piedi sul palco. Di quella stagione resta solo una bellissima e stravolta versione di *My Way* di Frank Sinatra, che sembra quasi un testamento ideologico. Quando sono a New York alloggiano al Chelsea Hotel, e siccome hanno dato fuoco alla prima stanza che gli hanno assegnato, li spostano alla stanza numero 100. È lí che succede tutto.

Quella sera la passano al Chelsea, nella stanza di alcuni amici. Sid sembra depresso, dice che non riesce piú a suonare il basso e che non vede piú nessun futuro. Nancy, invece, è euforica come sempre. Sid ha un coltello, glielo ha regalato Nancy quel pomeriggio. Sid prima ha detto che vuole fare collezione di coltelli, poi ha detto che ne aveva bisogno per difendersi, ma ne dice tante, Sid. È un bel coltello, un coltello da caccia con una lama di cinque pollici, sono piú di dodici centimetri. Sid se lo passa sempre sulla faccia mentre parla con gli amici, e Nancy glielo porta via. Quando se ne tornano in camera loro, verso mezzanotte, Sid ha dimenticato il suo coltello e insiste cosí tanto che Nancy deve andare a riprenderlo. La mattina dopo Sid si sveglia in mezzo al letto, tra le lenzuola intrise di sangue.

Distretto di polizia della Cinquantunesima strada, terza divisione omicidi, dichiarazione spontanea di Ritchie John Simon, detto Sid Vicious. Non capiva il perché di tutto quel sangue nel letto. In bagno c'era Nancy, seduta sul pavimento con un buco nello stomaco, e neanche di quello capiva il perché. Respirava ancora, cosí lui è uscito a cercare del metadone e quando è tornato Nancy non respirava piú. Sí, l'ha uccisa lui perché avevano litigato, no, l'ha colpita ma non voleva ucciderla, neanche, è lei che è caduta sul coltello, no, l'ha uccisa lui, *I did it because I'm a dirty dog*, l'ho uccisa perché sono un cane rognoso. È confuso, Sid, molto confuso, ma il procuratore della contea di New York Robert M. Morghentau ha le idee chiarissime e lo accusa di omicidio di secondo grado per aver ammazzato la sua ragazza Nancy. Il primo, nella contea di New York, è riservato a chi ammazza i poliziotti. Alla prigione di Riker's Island, braccio recupero tossicodipendenti, Sid ci resta quattro giorni. Il 16 ottobre l'inventore dei Sex Pistols, il produttore Malcolm McLaren, si fa prestare dalla Virgin i cinquantamila dollari per la cauzione e Sid viene portato in un albergo, non il Chelsea, dove c'è anche sua madre, arrivata apposta dall'Inghilterra. La signora Beverly in Ritchie fa fatica a tenerlo d'occhio. Sid cerca di ammazzarsi con una serie di overdose, cerca di tagliarsi le vene e anche di buttarsi giú dalla finestra.

Sí, perché c'è anche una terza fotografia che serve a raccontare la storia di Sid e Nancy, ed è quella che scattano a Sid quando viene portato al distretto di polizia. È una di quelle a mezzobusto, di fronte e di profilo, in bianco e nero. Sid porta sempre i capelli sparati e ha addosso il «chiodo», il giubbotto di pelle. Ha lo sguardo intontito, fisso in avanti, e sul petto ha un cartello, «Nycpd, New York County Police Department», e il numero 4334003. Ma è solo. Lui soltanto, senza Nancy.

Il 1° febbraio 1979 Sid è a una festa a casa di un'amica, al Greenwich Village. Si apparta in camera da letto e si inietta una dose di eroina che lo fa collassare. Rifiuta di farsi portare all'ospedale, se resta lí tranquillo gli passa, una dormita e va tutto a posto. Quando rimane solo, però, va a prendere il resto dell'eroina che si porta dietro e se la inietta tutta. La mattina dopo, quando gli amici vanno a vedere come sta, lo trovano morto.

Cosa è successo nella stanza 100 del Chelsea Hotel la notte tra l'11 e il 12 ottobre 1978? Un omicidio compiuto sotto gli effetti della droga? Un incidente? Una rapina da parte di uno sconosciuto, come sostiene qualcuno? O soltanto la fine inevitabile di due cosí, due come Sid e Nancy?

Quello che è successo lo sanno soltanto loro. È uno dei segreti che si conservano tra le pareti di uno dei piú famosi hotel maledetti del mondo.

Il Chelsea Hotel di Manhattan, New York City.

DARBY CRASH

Il martire inascoltato del punk

Piantato sul muro c'è un foglio con una freccia disegnata, che punta verso il basso. Sopra la freccia c'è una scritta: *Here lies Darby Crash*, qui giace Darby Crash, ma l'ultima parola è ancora incompiuta e si è fermata poco dopo la C. Sotto la freccia, sotto il cartello sul muro, c'è un uomo, steso sul pavimento di un garage ristrutturato di North Fuller Street, a Hollywood, le braccia aperte come in croce, e lo ha fatto apposta a mettersi cosí. L'ha fatta lui quella scritta, con la freccia e tutto, prima di morire per un'overdose, con una quantità di eroina cosí esagerata – quattrocento dollari di droga – da non lasciare dubbi sulla sua volontà di uccidersi. Poi c'è anche la conferma di Casey, piú o meno la sua ragazza, che, lo giura, niente dubbi o illazioni, quell'uomo crocifisso sul pavimento voleva uccidersi, e lei lo sa perché doveva morire nello stesso modo. Avevano preparato il loro doppio suicidio e adesso ci sarebbe stata anche Casey stesa sul pavimento con lui, ma lei era piú forte ed è sopravvissuta alla dose, che era anche meno violenta. L'altro invece non ce l'ha fatta e adesso eccolo lí, come Gesú Cristo, sotto la sua scritta.

Qui giace Darby Crash. Crash il mohicano, Crash il maledetto, Crash l'esempio vivente del declino della civiltà occidentale.

Insomma, Darby Crash. Quello dei Germs.

All'inizio sono solo due studenti del liceo che si chiamano Paul Beahm e George Ruthenberg. O meglio, due ex studenti, dal momento che sono stati cacciati dalla University High School di Los Angeles per comportamento antisociale. E dire che frequentavano corsi facili. Paul, per esempio, stava in un programma di recupero che metteva assieme la filosofia pre-new age – siamo ancora a metà degli anni Settanta – della costa est e Scientology, ma neanche in quello riescono a tenerlo dentro. Paul e George non ne vogliono sapere della scuola, sono inquieti e arrabbiati, e allora fanno quello di solito fanno i ragazzi come loro, specie a Los Angeles, specie in quegli anni, gli anni della prima esplosione punk: mettono su una band.

Cambiano formazione piú volte prima ancora di suonare, prendono una batterista bellissima, che poi diventerà famosa come solista col nome di Belinda Carlisle, ma la devono lasciare perché si è presa la mononucleosi. Cambiano anche nome del gruppo: Sophistifuck, che è un gioco di parole tra «sofisticato» e «fottere». Sophistifuck and the Revlon Spam Queen, ma è troppo lungo per stare sulle magliette. Allora meglio qualcosa di piú breve, meglio The Germs, perché quello sono e si sentono, dei germi. George diventa Pat Smear, Paul diventa Bobby Pyn e poi Darby Crash, ed ecco fatto.

La prima volta suonano per cinque minuti prima che li buttino giú dal palco, da quanto fanno schifo. Ma non importa, quello è il periodo del punk, non importa se non sei bravo a suonare, magari poi lo diventi, come a molti è successo. Prima conta l'energia, la rabbia, le cose che vuoi dire. C'è il movimento punk che si sta sviluppando in Inghilterra con i Sex Pistols, i Clash e tutti gli altri, e c'è una scena punk molto varia e molto creativa negli Stati Uniti, a New York, a Los Angeles e a San Francisco, ci sono i New York Dolls, Iggy Pop, Patty Smith, poi Suzi Quatro, gli X e tanti altri.

La volta dopo i Germs restano sul palco per piú di dieci minuti, imparano anche loro a suonare, e il singolo che pubblicano – *Forming*, del '77 – viene considerato il primo disco punk della scena di Los Angeles. Registrato in casa, anzi, in garage, su un piccolo Sony a due piste e per la What Records, una di quelle microscopiche case discografiche di allora che nascevano e morivano nello spazio di pochi mesi. Ma non importa neanche quello, i Germs incidono altri dischi, suonano in altri posti, e anche se i dischi sono pochi e i concerti pure, diventano uno dei gruppi piú noti e rappresentativi del punk americano. The Germs, insomma.

Il meglio, naturalmente, lo dànno dal vivo. Crash si attacca al microfono e ci ringhia dentro, ci abbaia sopra, con aggressività e violenza, barcolla avanti e indietro sul palco mentre la gente salta su per scrivergli con una penna sulla schiena nuda e sulla faccia. Canta: *If I'm only an animal, then I can't do no wrong*, se sono solo un animale allora non posso fare niente di sbagliato.

Finisce steso sul palco un sacco di volte e spesso non è soltanto per il trasporto della musica. A volte arriva cosí fatto che non riesce a connettere, si inventa le parole lí per lí, si mette a parlare col pubblico mentre canta e poi vomita sul palcoscenico. Insomma, il modello, l'icona, del punk piú estremo di quegli anni, che Crash interpreta anche esteticamente, quando si presenta sul palco con una lunga cresta di capelli tagliati alla mohicana, come faranno molti punk dopo di lui. C'è un film, in cui i Germs appaiono piú volte, che racconta quegli anni, un film documentario che si chiama *The Decline of Western Civilization*, il declino, la decadenza della civiltà occidentale. Che sia positiva o negativa questa decadenza, dipende dai punti di vista.

La vitalità del punk, la sua aggressività e la sua passione, però, sono un fuoco che brucia in fretta e consuma le stesse band. I Germs durano un paio d'anni e si sciolgono agli inizi del 1980, Crash suona con altre formazioni, le scioglie, si riunisce agli altri e poi li molla di nuovo, insomma, niente di particolarmente originale.

Il problema è che sta male. Crash canta come un punk, e va benissimo, ma scrive come un poeta, con una sensibilità malata, arrabbiata e maledetta, e anche questo va benissimo. È un filosofo, mette assieme tutte le suggestioni della cultura psichedelica della costa est e ha una particolare ossessione, un culto vero e proprio, per il simbolo del cerchio, che lo porta a cercare e rappresentare tutto quello che è rotondo, circolare. Un cerchio azzurro su uno sfondo nero diventa il simbolo dei Germs, il cerchio che lega i componenti del gruppo e i loro fan, il cerchio della vita e della morte. E anche questo andrebbe benissimo, se non ci fosse di mezzo la droga. Parecchia droga.

Questa cosa di uccidersi, Crash ce l'aveva in testa da parecchio. È come se la sentisse sulla pelle la decadenza della civiltà occidentale, di tutto quello che gli sta attorno, e volesse mettere le cose a posto. È il motivo per cui insiste per fare un concerto di nuovo con i Germs, per far vedere ai ragazzi di oggi, che adesso fanno solo una gran confusione, come si facevano le cose una volta, quando il movimento era quello che doveva essere. Poi si ucciderà, lo dice al suo vecchio amico George, vuole comprare un sacco di droga, ma proprio un sacco, se la sparerà tutta e cosí ci lascerà la pelle. George non lo prende sul serio, di cose come quelle Crash ne dice tutti i giorni, ma Crash lo dice a Casey, che ci sta anche lei, e preparano tutto. Un giro per locali a sentire gli amici che suonano, quattrocento dollari dati a un pusher per la droga, poi il garage dei genitori di Casey, riadattato a casa per gli ospiti.

L'idea di scrivere il messaggio gli viene dopo, ed è per questo che quasi non lo finisce. Ha troppa fretta di farsi o l'overdose arriva subito. Su questo Casey, quando racconta la fine di Crash, non è chiara. Lui però ha il tempo di aprire le braccia come in croce, perché quello è il messaggio che vuole lasciare. Una specie di martirio. Qualcosa che metta tutto nella giusta proporzione, il punk, la civiltà occidentale, tutto. Un martire del punk, insomma, che farà discutere attraverso quella foto sulle prime pagine di tutti i giornali.

Ma questo non succede, o almeno, non nel modo che intendeva Crash. Il punk è punk, è vitalità e violenza, ma si brucia in fretta e dura solo un momento.

Quando Darby Crash muore a Los Angeles sul pavimento sotto quel cartello, è il 7 dicembre 1980.

Il giorno dopo è l'8 dicembre. A New York, davanti all'ingresso del Dakota Building, un tale che si chiama Mark David Chapman ammazza John Lennon sparandogli quattro colpi nella schiena.

Sulle prime pagine dei giornali di tutto il mondo ci finisce quell'altro, l'ex cantante e chitarrista dei Beatles.

JOHN BELUSHI

Lascia dietro di te un cadavere gradevole

È una serata molto particolare al Roxy, un bar del Sunset Boulevard di Hollywood. È un freddo 4 marzo quello del 1982 a Los Angeles, California. Nonostante l'aria sia gelida, gruppi di giovani aspettano il loro turno per entrare. Il locale di solito fa musica rock, ma quella sera ha da proporre ben tre attori famosissimi. Si tratta di Robert, Robin e John. Rispettivamente di trentanove, trenta e trentatre anni. Siedono a un tavolo vicino al palco, e ridendo e scherzando attendono l'inizio della serata. Robert è stato segnalato come l'erede di Marlon Brando e ha preso anche l'Oscar come miglior attore non protagonista per il ruolo di Vito Corleone in *Il padrino parte II*. Altri suoi film di quel periodo sono *Novecento*, *Taxi Driver* e *Toro scatenato*. Il suo nome completo è Robert De Niro. Il secondo ha una parlantina spigliata, è reduce da un successo incredibile nelle vesti di un buffissimo e simpatico extraterrestre proveniente dal pianeta di Ork. Si tratta di Robin Williams, che ha appena ricevuto il Golden Globe come migliore attore televisivo per la serie *Mork e Mindy*, e che di lí a poco interpreterà ruoli eccezionali in film quali *Good Morning Vietnam* e *L'attimo fuggente*. Il terzo è John Belushi, pazzo scatenato, è il pupillo di tutti i giovani. Con il programma televisivo *Saturday Night Live* e il suo amico attore Dan Aykroyd, ha rivoluzionato il modo di fare comicità in Tv in America. Ha girato film esilaranti come *Animal House*, *Chiamami Aquila* e *The Blues Brothers*. È all'apice della sua carriera, il massimo che può raggiungere visto che il giorno dopo non lo vedrà mai.

Verso le 23,15, una ragazza di nome Cathy Smith raggiunge il loro tavolo e si rivolge a John. Parlottano un po' e lei gli dà un sacchetto con dentro qualcosa. Gli altri due sanno benissimo di cosa si tratta, sono diversi anni che John conduce una vita pericolosa permettendosi ogni tipo di eccesso. Cathy e lui si sono incontrati nel 1976 durante una puntata del *Saturday Night Live*, lei fa la corista per The Band. Da quel momento hanno cominciato a frequentarsi e lei procura spesso la roba a John. Belushi è sposato con Judith dal 1976, ma oramai ha preso una strada che lo ha portato lontano da lei. L'attore ha un motto: «Vivi ad alta velocità, muori giovane e lascia dietro di te un cadavere gradevole», e pare che voglia a tutti i costi mantenerlo. Dedito all'alcol e a ogni tipo di droga, durante la lavorazione di *Animal House* lascia dietro di sé tracce di ogni tipo di droga.

Anche quella sera John ha in mente un piccolo droga party. Verso l'una decide di andarsene, e dopo essersi intrattenuto con qualche fan all'esterno del locale, fa per prendere l'auto e andare a casa. Ma è talmente ubriaco che il direttore del Roxy si preoccupa e lo fa accompagnare.

Quando è a Hollywood, Belushi vive allo Chateau Marmont Hotel, su una collina sopra il Sunset Boulevard. È un posto molto gradito dalle celebrità. Le ha viste passare quasi tutte. Alcune hanno alloggiato lí per anni, altre hanno fatto show degni del mondo dello spettacolo. Per esempio, Jim Morrison dei Doors una volta ha cercato di buttarsi nella piscina lanciandosi dalla finestra della camera. È atterrato quasi incolume su un tendone poco piú in basso. Il luogo è appartato, molto accogliente. Degli alberi nascondono il traffico sottostante, e si ha una piacevole sensazione di isolamento pur essendo nel cuore di Hollywood.

La mattina del 5 marzo, nel bungalow 3, John Belushi viene trovato nudo sul letto, raggomitolato sul fianco destro e morto.

A trovarlo è il fisioterapista Bill, William «Superfoot» Wallace, trainer di fiducia dell'attore. Ha provato a telefonargli, e non ottenendo risposta è andato di persona al bungalow per fargli i soliti massaggi.

Alcune versioni vogliono che Robin Williams e Robert De Niro abbiano seguito Belushi nel bungalow quella sera e poi siano andati via, ma su questo punto non si è mai saputa la verità. Robin Williams ha ammesso però tempo dopo che nel periodo di *Mork e Mindy* faceva largo uso di alcol e stupefacenti, e la morte dell'amico John gli ha fatto cambiare radicalmente modo di vivere.

La polizia è sul luogo e sta aspettando che arrivi il coroner Thomas Noguchi. In quel momento Cathy, la pusher di John, sta rientrando con la Mercedes dell'attore, ma vedendo tutta quella gente davanti al bungalow si spaventa e si allontana di nuovo.

Sul luogo arriva Noguchi. Quello sarà il suo ultimo caso famoso, perché proprio quella mattina il suo superiore gli ha comunicato che sarà trasferito. Negli anni precedenti Noguchi ha fatto troppo bene il suo mestiere o ha semplicemente esagerato con le sue dichiarazioni. Il fatto sicuro è che avendo lavorato in un distretto come quello di Hollywood ha avuto a che fare con morti misteriose e scottanti, e molto spesso si è lasciato andare a dichiarazioni alla stampa. Il coroner ha avuto un ruolo determinante nei casi della morte di Natalie Wood, William Holden, Marilyn Monroe, Janis Joplin, Sharon Tate e Robert Kennedy. Ce n'è abbastanza per arrivare a dare fastidio a qualcuno. Per il caso Belushi, effettua i primi rilevamenti, ma in seguito sarà chiamato il dottor Michael Baden.

Noguchi arriva sul posto e nonostante la brutta notizia mattutina svolge appieno il suo lavoro. Constata che né sul corpo dell'attore né sul luogo del fatto ci sono segni di lotta. Non vengono trovate armi, sonniferi, attrezzature per drogarsi. I medici accorsi prima di Noguchi hanno anche dichiarato di non aver trovato segni di punture di aghi su Belushi. Ma Noguchi non è tipo da stare a sentire gli altri, e si fa avanti per una sua analisi personale. Su un comodino individua subito della carta per sigarette e delle tracce di foglie verdi sminuzzate, che risulteranno essere marijuana. Per terra invece, vicino all'armadio, c'è della polverina bianca. In laboratorio risulterà essere cocaina. A quel punto il coroner si avvicina al corpo ed esamina le braccia. Poco sopra la cavità dei gomiti c'è una lieve discolorazione. Noguchi afferra l'avambraccio destro dell'attore con entrambe le mani e schiaccia la carne. Dopo un po' si vede uscire una gocciolina di sangue nel mormorio generale. La stessa cosa avviene per il braccio sinistro. Molto probabilmente Belushi è morto di overdose e qualcuno ha portato via da lí l'attrezzatura per drogarsi. In seguito si viene a sapere con chiarezza che l'attore è morto per uno *speedball*, una iniezione direttamente in vena di cocaina ed eroina, una vera bomba.

Il caso viene chiuso, ma qualche mese dopo Cathy Smith, nota come «borsetta d'argento» perché, come pusher di molta gente del cinema, conserva la droga in una piccola trousse d'argento, in un'intervista al quotidiano «National Enquirer» rivela di essere stata nel bungalow con Belushi la notte della morte e di avergli iniettato lei la dose fatale, «il colpo di grazia» lo chiamerà al processo. La donna viene arrestata e processata per omicidio di primo grado, il processo si chiude con una condanna a diciotto mesi per omicidio colposo.

Secondo la testimonianza di Cathy, lei e John avevano sniffato fino alle tre e mezzo del mattino. Poi, De Niro e

Williams se ne erano andati e Cathy aveva fatto l'iniezione a Belushi. Alle 6,30 l'aveva aiutato a fare una doccia. Intorno alle 7,45, John le aveva chiesto dell'acqua. Alle 10,15, quando lei aveva lasciato la stanza per andare con la Mercedes di John in cerca di altra droga, l'attore era ancora vivo...

John e l'amico Dan Aykroyd si erano trovati una volta a trascorrere un pomeriggio sulla spiaggia, lo stereo diffondeva il suono delle potenti chitarre di *2000 Pound Bee* dei Vultures. «Promettimi una cosa... – aveva detto serio Aykroyd. – Se muoio prima di te, devi mettere questa canzone al mio funerale... Perché... – aveva proseguito ridendo, – sarebbe grande vedere l'effetto di un pezzo cosí duro in una chiesa piena di gente». «Certo, – aveva risposto John senza battere ciglio. – E tu devi fare lo stesso con me».

L'11 marzo del 1982, due giorni dopo la sepoltura di Belushi, amici e parenti si riuniscono in preghiera nella Saint John Divine Cathedral di New York. Aykroyd è di parola: si avvicina al microfono con un registratore e fa partire il nastro col pezzo dei Vultures.

John Belushi riposa oggi all'Abel's Hill Cemetery, a Martha's Vineyard, Massachusetts.

BRANDON LEE

Come il figlio di Bruce divenne il Corvo

È difficile trovare un evento piú ricco di misteriose corrispondenze e diaboliche suggestioni come quello che accadde negli studi cinematografici di Wilmington, nel Nord Carolina, il 31 marzo 1993. Di leggende nere sulla lavorazione di film o sulla registrazione di dischi ce ne sono tante, ma quella che si compie con la morte di Brandon Lee sul set del film *Il corvo* è una delle piú incredibili.

Sono le 12,30 e tutto è pronto per girare. La scena è una delle prime del film, ed è molto importante. Eric Draven sta per essere ucciso da Funboy, che lo aspetta assieme ad altri criminali nel suo appartamento e gli spara a bruciapelo un colpo di 44 magnum nella pancia. Michael Massee, l'attore che interpreta Funboy, è pronto con il braccio teso e la pistola puntata sulla porta. Ciak, azione, e Brandon Lee, che interpreta Eric Draven, entra nell'appartamento ricostruito sul set. Massee spara, Brandon si piega in avanti, le sacche di sangue finto si rompono e le piccole cariche che ha addosso esplodono simulando i colpi in arrivo. Brandon cade a terra, la scena è finita e il regista Alex Proyas fa fermare le macchine. Brandon però non si alza, e il sangue che scorre sul pavimento sembra troppo copioso e troppo vero. Il primo ad accorgersene è il maestro di kung fu Jeff Imada, che coreografa le scene di arti marziali del film. Brandon viene portato all'ospedale, dove resta sotto i ferri per cinque ore finché i medici non gettano la spugna. Sul referto del coroner, alla voce «probabile causa della morte» c'è scritto: *Gsw, gun shot wound*, ferita d'arma da fuoco. Brandon Lee è morto per un colpo di pistola alla pancia.

Ma come è possibile? Non era un film?

Basterebbe questo, la morte di un attore sul set, per creare una leggenda nera, ma quello che il dipartimento di polizia di Wilmington registra come il caso 065002, *Brandon Lee, age: 28, sex: male, race: oriental*, è ricco di tante altre inquietanti suggestioni.

Intanto lui, Brandon Bruce Lee, ventotto anni, attore ed esperto di arti marziali, protagonista di film d'azione come *Resa dei conti a Little Tokyo* e *Drago d'acciaio*. Ma soprattutto Brandon è il figlio di Bruce, il grande Bruce Lee, il piú noto interprete di *kung fu movies*, inventore lui stesso di uno stile, il jeet kune do, diventato leggendario. Prima corrispondenza: anche Bruce Lee era morto durante la lavorazione di un film. Stava preparando *Game of Death* quando era stato trovato in coma nell'appartamento della protagonista del film. Causa della morte: edema cerebrale. Il perché sia successo, invece, resta misterioso: eccesso di allenamenti, abuso di droga, l'allergia a un medicinale, un *dim mak*, un colpo mortale ricevuto durante il combattimento con un altro esperto di arti marziali, la vendetta della Triade di Hong Kong perché Bruce non voleva pagare il pizzo per le riprese. Qualunque cosa sia, Bruce Lee muore sul set di un film.

Suo figlio Brandon, nato dal matrimonio con una bellissima attrice svedese, è un attore e un atleta come Bruce Lee, ma cerca in tutti i modi di allontanarsi dall'ingombrante figura paterna. Per questo quando il regista Alex Proyas gli propone di interpretare la parte di Eric Draven in *Il corvo* Brandon accetta con entusiasmo. *Il corvo* è un film dai toni dark molto cupi, che potrà lanciare Brandon come un vero attore di culto. Ulteriore diabolica suggestione: il figlio che vuole abbandonare la strada del padre e il destino che invece ce lo riporta.

Poi c'è il film, tratto da un fumetto di James O'Barr uscito negli Stati Uniti, un'altra icona per la cultura dark, con tanto di dedica a Ian Curtis nel primo albo. Il protagonista del film e del fumetto è un uomo che viene ucciso con un colpo di pistola alla pancia e che torna dall'aldilà per vendicarsi dei suoi assassini. Eric Draven, la faccia pallida come quella di un clown, gli occhi e la bocca segnati da righe scure e profonde come quelle del Joker di Batman, torna dalla morte come un angelo nero, spietato e invincibile. È quello che succede a Brandon nella realtà. Quando viene ucciso il film è già arrivato a cinquantadue giorni di riprese e ne restano sei per l'ultimo ciak. Che fare? Buttare via tutto? No, non si può. Poi ci sono gli effetti speciali. La Dream Quest Image si occupa di far resuscitare Brandon prendendone alcune immagini e ricostruendole grazie alla tecnologia digitale e a *Matador*, un sofisticato programma per computer. Cosí Brandon può correre, saltare, parlare, perfino truccarsi davanti allo specchio, anche se è già morto. Come Eric Draven detto il Corvo.

Una storia cosí non può che far nascere altre storie, altre suggestioni e altre leggende. Nasce «la maledizione dei Lee», lo stesso destino che accomuna padre e figlio. Nasce la leggenda cinica della scena della morte di Brandon inserita nel film, ma non è vero, perché i fotogrammi incriminati sono stati distrutti e non erano comunque utili. Nascono anche, come per Bruce Lee, tutte le teorie per spiegare la morte di Brandon. Ucciso per errore. Ammazzato apposta, grazie a un sabotaggio. Ucciso dalla Triade di Hong Kong, come il padre, perché come lui stava svelando i segreti delle arti marziali. O dalla Yakuza, la mafia giapponese, per una banale ritorsione contro il mondo del cinema che voleva controllare.

Quello che realmente è successo, invece, è molto piú banale, e forse proprio per questo può sembrare ancora piú inquietante.

C'è un attrezzista specializzato nelle armi che pochi minuti prima di girare quella maledetta scena carica la 44 magnum. Lo fa con pallottole a salve, naturalmente, infila le cartucce a una a una nel tamburo della pistola e la consegna a Michael Massee, che la punta sulla porta dalla quale entrerà Brandon. Quello che l'attrezzista non sa è che la pistola è stata maneggiata da un altro armiere, il giorno prima. L'armiere ha sparato alcuni colpi per provare la 44 magnum e una pallottola è esplosa male, lasciando parte di sé incastrata nella canna. Cosí, quando Massee ha sparato il suo colpo, quello vecchio è diventato una specie di proiettile che è uscito dalla canna e spinto dai gas di propulsione di quello a salve ha colpito Brandon allo stomaco, provocandogli un'emorragia interna e uccidendolo. Un incidente, insomma, un banale, stupido incidente, tanto che Michael Massee non è mai stato incriminato di nulla e anche l'attrezzista è stato scagionato.

Ma nonostante questo restano in tanti a credere che quel 31 marzo 1993 sia successo qualcosa di piú. Qualcosa di speciale, qualcosa di diabolico e maledetto.

Qualcosa in grado di trasformare anche nella realtà Brandon Lee, figlio di Bruce, in Eric Draven detto il Corvo.

KURT COBAIN

Ciò che vide il piccolo Boddah

Sul certificato di morte, dentro il rettangolino prestampato che indica le cause del decesso c'è scritto *self-inflicted shotgun wound*, ferita da fucile autoinflitta, e infatti nella casella accanto c'è scritto a macchina *suicide*, suicidio. È un certificato ufficiale del dipartimento della Salute della contea King di Seattle, nello Stato di Washington, il numero 3471, controfirmato da un dottore e due funzionari, e dovrebbe essere chiaro e definitivo.

Ma non è cosí. Perché il nome indicato in cima al certificato è quello di Kurt Donald Cobain, nato il 20 febbraio 1967 ad Aberdeen, nello Stato di Washington, *usual occupation*, occupazione abituale: poeta/musicista. Genere: punk rock. Il documento non lo dice che quel maschio bianco di ventisette anni è il leader dei Nirvana, uno dei gruppi musicali piú noti e amati del momento, ma forse dovrebbe. Perché l'esperienza insegna che quando succede qualcosa a uno come lui, a una star, a un mito, i certificati non contano piú. C'è chi dice di averlo visto due giorni dopo la data della morte e di averci anche parlato. Chi dice che sia vivo e nascosto da qualche parte, come Elvis Presley e John Lennon. E naturalmente c'è chi sostiene che non si sia affatto suicidato. Ma che sia stato ucciso.

C'è un altro documento, datato 8 aprile 1994. È un rapporto investigativo del dipartimento di polizia di Seattle e sull'intestazione è stata sbarrata la casella «Incidente», perché di quello ancora si tratta, l'incidente numero 94-15650. Raccoglie la testimonianza di un elettricista, il signor Gary Smith, che alle 8,56 di un venerdí mattina stava lavorando al sistema antifurto della villa di Cobain, a Seattle. Dietro la villa, sulla sinistra, c'è una piccola serra dal tetto spiovente, ed è lí che il signor Smith trova Cobain. Lo vede attraverso la portafinestra, steso sul pavimento, e all'inizio pensa che sia un manichino, poi vede che c'è del sangue e anche un fucile e allora chiama la polizia. L'agente Levandowski cerca di aprire la portafinestra ma è bloccata da uno sgabello, cosí fa sfondare il vetro dai pompieri ed entra. Kurt Cobain è a terra, steso sulla schiena, con un fucile sul petto, un Remington semiautomatico calibro 20, un fucile da caccia. Lo tiene puntato verso la faccia, e infatti ha un buco al posto della bocca, da cui è uscita una pozza di sangue denso e scuro. C'è un gran disordine nel garage. Sul pavimento accanto al corpo di Kurt c'è una scatola di cartucce calibro 20, ci sono lattine di birra piene, centoventi dollari in contanti, sigarette, un paio di occhiali e anche il suo portafoglio, aperto sulla patente di guida. C'è anche una scatola da sigari con dentro una siringa, cotone idrofilo, laccio emostatico e i resti di quella che poi verrà identificata come eroina.

L'agente Levandowski fotografa la stanza con una Polaroid, annota scrupolosamente i particolari nel suo rapporto e consegna tutto al detective Joshida, che conduce le indagini. Per il dipartimento di polizia di Seattle è tutto abbastanza chiaro. È un suicidio. C'è anche una lettera, un foglio scritto a righe fitte e ondeggianti, molto nervose, con una penna rossa che lo tiene piantato a una lavagnetta di sughero per appunti. È indirizzato a Boddah, il nome che Kurt aveva dato a un suo immaginario amico d'infanzia, inizia con parole oscure: «Vi parlo dal punto di vista di un sempliciotto un po' vissuto che preferirebbe essere uno snervante bimbo lamentoso», e continua su un tono triste e deluso.

> Io non provo piú emozioni nell'ascoltare musica e nemmeno nel crearla... questo mi fa sentire terribilmente colpevole... a volte mi sento come se dovessi timbrare il cartellino ogni volta che salgo sul palco... mi sento troppo fottutamente triste, il piccolo triste, sensibile... perché non posso divertirmi e basta? Non lo so!... Non ho piú nessuna emozione... meglio bruciarsi in fretta che spegnersi lentamente.

È la lettera di addio di un suicida, dice la polizia. Ma in particolare lo fanno pensare gli ultimi giorni di Kurt Cobain e quello che hanno detto alcuni dei suoi amici. E sua moglie, la cantante Courtney Love.

Kurt Cobain era sparito da ben sei giorni. Fino al primo di aprile stava all'Exodus Recovery Center, una clinica di lusso di Marina del Rey, vicino a Los Angeles. Era lí per disintossicarsi dall'eroina, dopo l'insistenza di amici, compagni della band e sua moglie. Gli erano saltati addosso tutti, un giorno, a Seattle, e gli avevano detto che se non si rimetteva a posto avrebbero sciolto i Nirvana e Courtney lo avrebbe lasciato. A preoccuparli erano stati un paio di episodi. Il 14 marzo, a Roma, Kurt era stato ricoverato d'urgenza per una overdose di alcol e Roipnol che lo aveva quasi ucciso. Il 18 Courtney aveva chiamato la polizia perché Kurt si era chiuso nella sua stanza con una pistola. E il 26 marzo si era fatto accompagnare da un amico in un'armeria, dove aveva comprato un fucile da caccia, un Remington calibro 20. E una scatola di cartucce.

A Marina del Rey, però, Kurt ci resta solo un paio di giorni. Nel pomeriggio telefona a Courtney e le dice una cosa strana, le dice: «Ricordati soltanto di questo, qualsiasi cosa accada. Ti amo». Poi, verso le 19,30 dice al personale della clinica che va in giardino a fumare una sigaretta, invece scavalca il muro di cinta e scappa. Torna a Seattle e sparisce, mentre tutti lo cercano e Courtney ingaggia anche un investigatore privato, un ex sceriffo di Los Angeles di nome Tom Grant. Il 5 aprile, Kurt si chiude nella serra e secondo la ricostruzione della polizia si inietta eroina e Valium, si infila il fucile in bocca e preme il grilletto con il pollice. Tre giorni dopo, l'8 aprile, arrivano l'agente Levandowski e il detective Joshida.

Tutto chiaro, tutto nella norma addirittura, per uno come Kurt Cobain, cosí inquieto, cosí geniale e cosí sensibile. Ma allora perché decine di siti su Internet e libri come *Chi ha ucciso Kurt Cobain* di Max Wallace e Ian Halperin, *The Legacy of Kurt Cobain* di Hank Harrison e lo stesso Tom Grant sostengono che Kurt è stato assassinato?

Secondo loro ci sono alcune cose che non tornano.

Una è che nel sangue di Cobain l'autopsia trova un cocktail di eroina e Valium tre volte superiore alla dose normalmente letale per una persona. Duecentoventicinque milligrammi. Tutta quella droga, dicono, lo avrebbe immediatamente spedito in overdose, impedendogli di rimettere tutto a posto nella scatola di sigari e di spararsi. Un'altra è che non ci sono impronte sul fucile, sulla scatola di cartucce e sulla penna che ha scritto il messaggio. O meglio, non sono leggibili, come se fossero state ripulite da qualcuno. Poi c'è proprio il biglietto, che viene interpretato piú come l'annuncio di voler lasciare la musica che come un messaggio di addio. Non accenna a niente che possa far pensare a un suicidio se non nelle ultime righe, che sono leggermente diverse, piú grandi e piú nervose, di quelle scritte in precedenza: «Ti prego, Courtney, continua cosí per Frances, – che è la figlia. – Per la sua vita, voglio che sia felice senza di me. Vi amo, vi amo».

Molti di quelli convinti che Kurt Cobain sia stato ucciso hanno anche un colpevole in mente. È sua moglie, Courtney Love. Perché, dicono, Kurt voleva lasciarla, voleva divorziare e l'aveva anche esclusa dal testamento. Courtney, dicono, aveva già cercato di uccidere Kurt, a Roma, quando c'era stato quell'incidente col Roipnol. Era stata lei a parlare di un tentativo di suicidio, e aveva anche raccontato di un secondo biglietto che lo affermava, che lei, però, aveva bruciato. Con lei, a Roma, ci sarebbe stato anche un complice, Michael Dewitt detto Cali, un amico di famiglia. Che ha ammesso di essere passato dalla villa di Seattle nei giorni in cui Kurt era scomparso. Non è l'unico a essere sospettato. C'è anche il cantante dei Mentors, un gruppo punk di Seattle, Eldon Hoke, detto El Duce, che si autoaccusa dicendo che Courtney gli avrebbe promesso cinquantamila dollari per ammazzare il marito, e si lascia anche sottoporre alla macchina della verità. El Duce muore in circostanze misteriose, finendo sotto un treno dopo essere uscito con uno sconociuto pochi giorni dopo aver rilasciato la dichiarazione, e allora salta fuori anche un altro strano personaggio, un esperto di arti marziali che si chiama Hallen Wrench e che si autoaccusa di aver ucciso sia Kurt Cobain che El Duce.

No, dicono altri, altri libri, altri siti e un documentario come *Kurt and Courtney*, di Nick Broomfield. Millantatori, miti. Se la lettera di addio di Kurt fosse stata un depistaggio allora avrebbe contenuto chiari riferimenti al suicidio, invece di essere cosí confusa. Kurt aveva espresso chiaramente la decisione di uccidersi, dice sua moglie. E tra loro, ripete, non c'erano problemi seri.

E allora che cosa è successo? Tom Grant, il detective privato di Los Angeles, continua a indagare, cercando prove per riaprire il caso. Che ufficialmente è chiuso con quelle due caselline rettangolari compilate a macchina: *self-inflicted shotgun wound* e *suicide*.

Per tutti i fan dei Nirvana, qualunque cosa sia successa, Kurt Cobain resta un mito, geniale, inquieto, sensibile e maledetto. Un poeta e un musicista, come sta scritto sul suo certificato di morte, che se ne è andato troppo presto.

Come disse Courtney Love al suo funerale: «Ditegli solo che è uno stronzo, d'accordo? Ditegli solo: stronzo, sei uno stronzo. E che voi lo amate».

JEFF BUCKLEY

Cantava *Whole Lotta Love* nel Wolf River

È la scia luminosa causata da un meteorite all'interno dell'atmosfera terrestre. Passa alta sulle teste e lascia un segno fuggevole. Ma a noi da qui sotto sembra una stella che attraversa il cielo. Ecco, una meteora. Questo è stato anche Jeff Buckley, cantante rock morto nel 1997. Figlio di un'altra meteora della musica rock: Tim Buckley.

Tim Buckley, il padre di Jeff, è un cantautore dalle notevoli doti vocali, ha una voce in grado di raggiungere le cinque ottave e mezzo d'estensione. Una capacità entusiasmante. Lavora cosí a grandi sperimentazioni vocali. Le sue prove musicali virano verso un folk macchiato di blues e jazz. In soli nove anni pubblica ben dieci dischi. Ma il suo vero capolavoro arriva nel 1970 e si chiama *Starsailor*. L'opera vede come unica protagonista la voce di Tim, che si comporta come un vero e proprio strumento musicale quasi librandosi al disopra di tutto il resto. Purtroppo l'album è un insuccesso. Tutti si aspettavano di piú. Tim, amareggiato, non riesce a scrivere per due anni. Torna in scena con lavori minori, oramai è dedito alle droghe. Ma nonostante la continua mancanza di successo, riesce a trovare la forza per disintossicarsi. Lunatico e disperato, apre finestre di autentica poesia verso mondi musicali senza confini. Ma la sua vita è breve, troppo breve. Torna a ubriacarsi un'ultima volta il 29 giugno del 1975, a ventotto anni. Alla fine di una serata passata a casa dell'amico Richard Feeling, alle 21,42 muore all'ospedale di Santa Monica, dopo un inutile tentativo di rianimazione. La vita di Tim Buckley finisce per overdose.

Otto anni prima ha abbandonato la moglie Mary Guilbert e il piccolo Jeff, loro figlio. Il bimbo lo vede solo una volta, pochi mesi prima che muoia in quella notte del 1975. La madre di Jeff si sposa in seguito con Ron Moorhead. All'età di tredici anni Jeff però vuole riappropriarsi del nome di suo padre, nome con il quale diventerà famoso al grande pubblico, Jeff Buckley.

Jeff cresce con la musica nel cuore e nella mente, ma cerca di non misurarsi mai con le sue doti di cantante per timore del confronto col padre. Il caso vuole però che proprio intonando canzoni di Tim Jeff riveli se stesso al pubblico. Ha ventiquattro anni ed è il 26 aprile 1991. Siamo alla St Ann's Church di New York, proprio in occasione di un happening commemorativo in onore del padre, di cui interpreta *Once I Was*. È un successo, le sue qualità sono finalmente in mostra. Jeff ha ereditato dal padre i lineamenti angelici e insieme maledetti e una voce portentosa. Per lui è arrivata l'ora di immergersi nel sottobosco artistico di Manhattan. Nei recital esegue cover su cover: da Van Morrison a Edith Piaf, da Leonard Cohen a Nina Simone. Sa cantare con toni lievi e soffici, ma alle volte sembra posseduto dal demone dell'inquietudine.

La Columbia decide di ingaggiarlo. L'album *Grace* (1994) vende oltre un milione di copie. E Jeff Buckley gira il mondo tenendo concerti senza quasi mai fermarsi. Nell'album rivela tutto il suo talento. La sua voce sale in un crescendo, intenso e doloroso. Esplode nel disco come nei concerti. I testi nascono dall'anima tormentata e cercano conforto nel repertorio di Tim, il padre. Ma ci sono anche Bob Dylan, Leonard Cohen e Van Morrison. Jeff Buckley suona chitarra, harmonium, organo e dulcimer. Il canto di Buckley parte quasi sempre piano, modula le inflessioni in uno stile da folksinger e finisce in un crescendo drammatico al limite del blues e del gospel.

È il 29 maggio 1997. Jeff sta andando all'aeroporto di Memphis per incontrare la band che insieme a lui lavora al suo secondo disco, *My Sweetheart the Drunk*. Però Jeff li ha spediti momentaneamente a New York, li ha allontanati perché non riesce a trovare l'ispirazione. Dopo i concerti si sente un po' stanco. Via, tutti a New York. Ma ora che ha composto qualcosa e ha elaborato bene le idee, ha chiesto alla sua band di tornare per lavorare insieme. È presto per l'arrivo dell'aereo, è stata una bella giornata e il tramonto rende malinconici e poetici. A Jeff viene voglia di immergersi nel fiume. Con lui c'è un amico, uno di quei ragazzi che seguono le band, un po' da fan un po' da lavoratori, *roadies* li chiamano. Sono sul Wolf River, un affluente del Mississippi, e le acque sembrano calme. Jeff si immerge completamente vestito e con tanto di scarpe. Forse ha in mente di fare una passeggiata nell'acqua, forse vuole fare un bagno, lasciarsi cullare dalla superficie liquida. Ma il suo accompagnatore, impotente, lo vede allontanarsi dalla riva. Jeff nuota e canta il ritornello di *Whole Lotta Love* di Robert Plant. Keith Fotie, il roadie, lo chiama piú volte, preoccupato. Potrebbe essere pericoloso. Jeff si lascia andare, raggiunge sorridendo un pilone dell'autostrada ma ormai si è fatto buio. C'è un battello che arriva dalla direzione opposta, Jeff fa in tempo a spostarsi, ma quando l'amico torna a guardare verso di lui, alla sua ricerca, non c'è. Jeff Buckley è scomparso.

La polizia di Memphis cerca subito il suo corpo. Ma devono trascorrere sei giorni prima che riaffiori dal Mississippi, dove le correnti lo hanno trascinato. Ed è proprio la polizia di Memphis a ritrovarlo. Jeff è stato trasportato dalla corrente nel tratto di fiume che scorre nel centro della città.

Gli esami tossicologici compiuti sul suo corpo rivelano che non aveva bevuto e non era drogato al momento della scomparsa. Il medico legale di Memphis trova nel suo sangue solo una leggerissima traccia di alcol, quattro milligrammi, mentre è assente ogni traccia di droga. Annegamento accidentale, è la causa ufficiale. Quali possono essere state le cause del suo annegamento? Forse il mulinello causato dall'imbarcazione? Il peso dei vestiti e delle scarpe inzuppati d'acqua?

A tutt'oggi Jeff è considerato una delle voci piú emozionanti nel panorama rock, e il suo culto ha assunto dimensioni simili ad altre icone musicali che hanno avuto vite inquiete. Una su tutte, Kurt Cobain.

Jeff Buckley, una meteora che passa alta nel cielo e per guardarla c'è bisogno di alzare la testa.

MICHAEL HUTCHENCE

Il peccato originale non si sostituisce

Michael è bello, anzi no, di piú, è sensuale. Ha un fascino che buca il video, la pellicola fotografica e anche la distanza dal palco, perché Michael, piú che essere un attore o un modello, come ogni tanto fa, è un cantante. Perché Michael è Michael Hutchence, il cantante degli Inxs.

Ecco, Michael, la mattina del 22 novembre 1997, viene trovato steso per terra nel bagno di una camera d'albergo di Sidney, completamente nudo. Morto in circostanze inspiegabili. Accanto a lui, sul pavimento lucido, non c'è niente a parte una cosa sola: una cintura.

Non è una scena nuova. Da Lenny Bruce, il comico piú dissacrante di New York, a Kurt Cobain dei Nirvana passando per Sam Cooke, di scene come questa, di fotografie della polizia scientifica come questa, un corpo steso a terra, oggetti che sembrano abbandonati dentro cerchi tracciati col gesso, magari le gambe di un poliziotto sullo sfondo, ne abbiamo viste tante. Ma di quasi tutte si riesce alla fine a dire un perché, anche se adombrato. Di questa no. O almeno quasi.

Per cercare di capirlo possiamo partire dal nome stesso del gruppo di cui Michael Hutchence faceva parte. Inxs, che nella pronuncia inglese ha un suono particolare, *in-ex-ess*, in eccesso. Ma questo non vuol dire nulla, tutto quello che riguarda il rock è in eccesso, è eccessivo per definizione.

Però mettiamolo lí, da parte, come un indizio su cui tornare dopo, e andiamo avanti con le indagini.

Michael Kelland John Hutchence era nato in Australia, a Sidney, nel novembre 1960. I suoi si erano dovuti spostare per lavoro e cosí Michael era cresciuto a Hong Kong. Comincia subito a esibirsi come modello, e ha solo otto anni quando recita nella pubblicità di un negozio di giocattoli.

Poi i suoi tornano a Sidney, dove il giovane Michael, ancora adolescente, va a finire la scuola. Lí, al liceo, Michael conosce tre ragazzi che suonano in un gruppo. Insieme ci provano, cambiano un po' di formazioni, e alla fine nascono i Farriss Brothers, perché tre dei sei componenti sono i fratelli Farriss. Però non è che ci siano solo loro nel gruppo, e poi è l'agosto del 1977, c'è il punk alle porte, e un nome come quello, cosí soul, non va bene. Perciò ecco quell'idea. Quella X in mezzo al nome che richiama un concetto piú giusto, quello dell'eccesso.

Con gli Inxs, Michael Hutchence registra una serie di album che hanno un grosso successo in Australia e anche uno discreto nel resto del mondo, ma è solo con il quarto, *The Swing*, del 1984, che esplodono come fenomeno a livello internazionale grazie a un singolo, *The Original Sin*.

Da quel momento in poi sono loro, gli Inxs, uno dei gruppi di punta di quella che allora si chiamava la New Wave. Il successo di Michael, però, non è soltanto quello di un cantante. Sí, certo, c'è lui davanti, sul palco e nelle videoclip, la band attorno che suona e lui in prima linea a cantare con una strana voce profonda e squillante, ma il suo fascino non è solo quello del front-line. C'è qualcosa di piú, qualcosa che lo porta anche da un'altra parte. Intanto sulle scene. Michael interpreta parecchi film come attore, anche se per trovarlo bisogna andare a cercarselo nei crediti. Non è neanche che i film siano proprio da storia del cinema, un film australiano come *Dog of Space*, cani dello spazio, e giusto il *Frankenstein* di Roger Corman. Poi davanti alla macchina fotografica, perché è bello, Michael, bello come un modello, infatti proprio questo fa ogni tanto.

Ma soprattutto sui tabloid, sulle copertine delle riviste scandalistiche. Michael ha questo fascino sensuale, perché va bene che è una rockstar e quasi per definizione chi sale su un palco e fa musica rock diventa immediatamente un sex symbol, ma lui ha qualcosa in piú. Di sicuro è uno che si innamora e fa innamorare parecchio, visto che la lista delle sue storie amorose è infinita. Sono cantanti, come Belinda Carlisle o Kylie Minogue, che si mette con Michael da giovanissima e lui la trasforma. Prima è una giovane carina con l'aspetto della ragazza della porta accanto, molto modesta e tranquilla. Poi diventa un sex symbol, aggressivo e seducente, completamente diverso. Oppure modelle, top model, come Helena Christensen e Elle Macpherson. O anche le mogli degli altri come Paula Yates, che quando ha una storia con Michael Hutchence è ancora la moglie di Bob Geldof. Con lei ha una figlia alla quale dànno uno dei nomi piú assurdi e folli che abbia avuto il figlio di qualcuno, attore o rockstar che sia: Heavenly Hiraani Tiger Lily Hutchence. Ma questi sono pettegolezzi, Michael è bello, è libero, può farsi sicuramente tutte le storie che vuole e con chi vuole.

A noi interessa un'altra cosa.

A noi interessa come arriviamo a quel 22 novembre 1997, al bagno di quella camera d'albergo, a Michael nudo a terra accanto a una cintura, morto.

Torniamo a quella X nel nome del gruppo. Quella X che significa eccesso.

Il gruppo ha sempre successo. A quel quarto album ne seguono altri. Alcuni sono apprezzati dal pubblico e non dalla critica, altri piacciono ai critici e meno alla gente, come è normale. Gli Inxs hanno collaborazioni prestigiose, come quella con Ray Charles, e grandi concerti, come quando suonano al Wembley Stadium davanti a settantaduemila persone, nel 1991. O come quando suonano davanti al principe Carlo e a Lady Diana, durante il loro viaggio in Australia, ma questo è di sicuro meno importante.

Nonostante tutto, però, Michael è inquieto. Fama, soldi, donne, successo, sarà l'ansia della rockstar che lo divora, ma Michael diventa famoso per la sua irrequietezza, e per gli scatti d'ira.

Nel 1993, mentre stanno registrando *Full Moon, Dirty Hearts*, Michael litiga con un altro membro del gruppo, Garry Gary Beers, prende un coltello e gli corre dietro per ammazzarlo, ma viene fermato prima. Un'altra volta, in Danimarca per un concerto, litiga con un tassista, fa a botte e finisce all'ospedale per un trauma cranico che gli fa perdere il senso dell'olfatto.

Dicono che sia depresso, Michael, e dicono che sia eccessivo, *in-ex-ess*, appunto. In tutto. Anche nel sesso.

Sul referto del coroner che si occupa della sua morte, c'è scritto che Michael è deceduto per arresto cardiaco in seguito ad asfissia. Molto generico: ha smesso di respirare e cosí il cuore ha smesso di battere e cosí è morto. È quello che si trova nei referti di molte «morti eccellenti» del mondo del rock e dello spettacolo. Vuol dire tutto e niente e apre lo spazio a infinite speculazioni, che in questo mondo sono di casa.

La storia parte da quello che si trova sul pavimento di quella stanza da bagno. Una cintura. Se ci fosse stata una siringa o flaconi di pastiglie, l'ipotesi sarebbe stata chiara, ma lí c'è una cintura.

Cosí le ipotesi sono due.

Michael si è suicidato. Si è impiccato con quella cintura, attaccandosi a qualche cosa che poi ha ceduto. Cadendo, la cintura si è sfilata ed è finita sul pavimento. È possibile, Michael era depresso, dicono i suoi amici.

L'altra ipotesi è che invece Michael sia morto per un incidente. Un incidente avvenuto durante una pratica erotica. Un gioco di sesso estremo, che comprendeva un certo grado di asfissia da ottenersi con quella cintura. Il gioco è andato troppo oltre, Michael ha perso il controllo e si è soffocato da solo. O in compagnia, come sostiene qualcuno, indicando un'amica di Michael come la *suicide blonde*, che è anche il titolo di una canzone degli Inxs.

Voci, ipotesi, anche pettegolezzi. La realtà è che Michael Hutchence è morto, e di uno cosí, sul palco, nei video e nei dischi, resta sempre un buco incolmabile. Lo sanno anche gli altri del gruppo, che hanno cercato di sostituirlo in tutti i modi, con altri cantanti, come Terence Trent D'Arby. E c'è stato anche un reality televisivo, *Rockstar: Inxs*, per selezionare un sostituto.

Ma non è facile trovare un altro Michael Hutchence.

WENDY O. WILLIAMS

La star del porno divenne rockstar

Le iniziali del suo nome, messe assieme senza punti, fanno WOW, e in effetti è piú o meno quello che dicevano tutti quando la vedevano, sia sul palco che giú di sotto, nella vita: Wow! Perché Wendy Orlean Williams – Wendy O. Williams per i fan – era cosí sempre: incredibile e choccante. Lo era per chi la vedeva sul palco con i Plasmatics, completamente nuda e con i capelli rasati alla mohicana, magari a tagliare in due una chitarra con una sega elettrica, e lo fu sicuramente per chi la scoprí fra gli alberi di un boschetto dietro casa sua, uccisa con un colpo di pistola alla testa.

Forse c'è un destino che segna la strada di certe persone e le fa diventare piú che un cantante, piú che una rockstar, di piú: un'icona, un simbolo, un universo intero di suggestioni per l'immaginario emotivo di intere generazioni. Non è un'esagerazione, anzi, forse per Wendy O. Williams non basta neppure. Intanto perché lei stessa era esagerata. Poi perché quelle suggestioni, quei simboli, Wendy li ha tutti, ma proprio tutti.

Wendy è bella. No, di piú, è sexy. Lo è per definizione. Wendy Orlean Williams nasce a Webster, un paesino nello Stato di New York, e lí resta finché non ha quasi terminato la scuola superiore. Poco prima del diploma, però, si stufa, si mette sulla strada e fa l'autostop. Arriva in Colorado, poi va in Florida, poi attraversa l'oceano e viene in Europa, a Londra e a Parigi. Wendy ha solo sedici anni, ma se la cava bene: comincia cucendo bikini per una ditta, ma capisce che fare l'operaia tessile non è la sua strada, e allora va a New York e si mette a fare la spogliarellista. Lavora nei peep show dei quartieri a luci rosse, balla la lap dance nei club, fa l'attrice nei film porno, e uno diventa un classico, *Candy Goes to Hollywood*, dove Wendy interpreta se stessa che incontra un ragazzina di provincia convinta da un ipnotizzatore a diventare una star del porno. Il film diventa un cult del genere anche per l'uso molto particolare che Wendy fa di una pallina da ping pong.

Bene, Wendy è bella, anzi, è sexy. Non solo, Wendy diventa presto una rockstar, e le accade perché anche lei incontra un ipnotizzatore.

L'ipnotizzatore si chiama Rod Swenson, e non è un mago, ma un artista. Anzi, un antiartista. Siamo oltre la metà degli anni Settanta, sono gli anni del punk, della no wave newyorkese di Patty Smith, della controcultura e di un'avanguardia artistica che è fra le piú distruttive e creative di tutti i tempi, e in tutti i campi. Rod Swenson è un artista concettuale laureato a Yale, si fa chiamare Captain Kink e ha un teatrino d'avanguardia a New York. Wendy legge un annuncio su una rivista underground che trova sulla panchina della stazione degli autobus, in aeroporto. La rivista sta lí, aperta sulla pagina giusta, Wendy ci lancia un'occhiata, vede l'annuncio di questo tipo che cerca gente per un progetto artistico, l'idea le piace e ci va.

Tra il capitano Kink e Wendy O. è subito colpo di fulmine, tanto che resteranno assieme per ventidue anni. Di progetti il capitano ne ha tanti, ma uno in particolare interessa Wendy. Mettere su un gruppo punk. Che però non sia soltanto un gruppo musicale, ma qualcosa di piú, quasi un gruppo teatrale, con concerti che piú che esibizioni musicali siano performance. Dove i musicisti non siano solo musicisti ma attori, e una come lei non sia soltanto voce ma corpo, azioni, atteggiamenti, provocazioni.

Cosí, tra il '77 e il '78 nascono i Plasmatics, che precisano in fretta la loro formazione e si affermano presto come uno dei gruppi piú forti della scena punk newyorkese. I critici, sia quelli benpensanti che quelli no, definiscono la loro musica *shock rock*. In effetti i brani sono violenti e i testi in linea con la stagione eversiva del punk, ma sono i tour che accompagnano le uscite degli album a colpire. Loro sono quasi un gruppo teatrale, lo abbiamo detto. I Plasmatics, per esempio, distruggono gli strumenti in scena. Certo, lo facevano anche gli Who, ma loro di piú. Fanno esplodere il pianoforte. Fanno saltare in aria una Mercedes durante un concerto in Germania, e anche un'auto della polizia. Distruggono pareti di televisori.

Ma soprattutto c'è lei, Wow, Wendy O. Williams. Canta con la sua voce roca e aggressiva, si aggira sul palco con i capelli rasati alla mohicana in una lunga cresta bionda, vestita di latex, organza trasparente e stivaloni di plastica, e a volte, invece, è nuda. Ma proprio nuda, coperta solo di schiuma da barba, per esempio, oppure con soltanto i capezzoli tinti di nero, a mimare atti sessuali con quello che trova, gli strumenti musicali, le casse acustiche, tutto quello che le serve per una performance degna dei Plasmatics.

Quando succede, la polizia salta sul palco e l'arresta, come già era accaduto a Jim Morrison. Ma lei è Wendy O. Williams, lei è *di piú*, e la polizia non l'arresta e basta. Come a Milwaukee, nel 1981, al Palm Nightclub. Wendy sta facendo sesso con un grosso martello quando gli agenti della polizia di contea la arrestano, la portano fuori dal club e la pestano sul marciapiede, la massacrano, facendole perdere i sensi. C'è una sua *mug shot* – come si chiamano le foto segnaletiche di fronte e di profilo – che la ritrae con un occhio nero, il naso rotto e segni rossi sul volto, perché ne ha prese tante, la povera Wendy, ma davvero tante.

Bene. Wendy è sexy. Wendy è carismatica. Wendy è eccessiva. Wendy è una star del punk, una grande star, tanto che nell'85 prende un Grammy come miglior cantante femminile dell'anno. Però è anche qualcos'altro. È anche impegnata nelle sue battaglie civili.

Wendy ha un'ossessione: gli animali. È vegetariana e a modo suo macrobiotica, porta avanti battaglie sull'alimentazione, sui diritti degli animali, contro l'industria delle pellicce e anche contro quella dei cosmetici. Non è soltanto un impegno di facciata come quello di altre rockstar, Wendy lo fa sul serio. Quando ha del tempo libero, e in particolare dopo, quando lascia i Plasmatics nel 1984 e continua a cantare da sola o con amici come Lemmy dei Motörhead, lavora in una clinica di recupero per animali feriti, dove fa l'infermiera di cani e gatti.

Nel 1998 Wendy ha quarantotto anni, è ancora una donna molto sexy e ha lo stesso carisma di una volta. Dal 1991 si è ritirata con il suo Captain Kink in una villa tra i boschi del Connecticut, a occuparsi di animali e scrivere libri di ricette vegetariane. Ma non è felice. Non ce la fa piú a sopportare il mondo, la gente, lo stile di vita che la circonda. Il mondo, dice Wendy, è materialista e consumista, superficiale, ottuso, senza speranza. È un mondo che *mangia*, in tutti i sensi, che divora, consuma, e che presto verrà mangiato. Wendy non ce la fa piú a tollerarlo.

Il 6 aprile del 1998 è un lunedí, e il capitano è appena tornato a casa dopo aver fatto la spesa, quando trova un pacchetto sul tavolo della cucina. Lo ha lasciato Wendy. Dentro ci sono scatole di cibo che a lui piace particolarmente, una confezione di alghe da bagno rilassanti, cose belle, per lui, insomma. Però ci sono anche alcune lettere. Una lettera d'amore, un testamento, e quella che appare immediatamente come il saluto di un suicida.

Il capitano si mette subito a cercare Wendy nel boschetto che c'è attorno a casa. La trova solo qualche ora dopo. A terra, con una pistola in mano e un buco in testa. È stato un atto consapevole, dirà il capitano nelle interviste, non un gesto irrazionale dovuto alla depressione. Wendy ne parlava da quattro anni e ci aveva già provato tre volte. Semplicemente, come scrive nelle sue lettere, non sopportava piú un mondo che non era riuscita a cambiare.

Un gesto estremo, comunque, eccessivo come Wendy O. Williams, che priva il mondo del suo carisma e la consegna al mito. E alla dietrologia tipica di questi casi, che naturalmente imperversa impietosa su Internet.

«Io, – scrive Tattooed Dad, ma potrebbe essere qualunque altro nickname, su uno dei tanti blog che stanno in rete, – ho ancora dei dubbi sul fatto che Wendy si sia uccisa da sola...»

BERTRAND E MARIE

Il poeta con le dita piene di anelli

Un poeta può essere un assassino? Ma non un assassino e basta, se ci può essere un *basta* dopo la parola assassino, che già sarebbe sufficiente. Un brutale assassino. Un feroce assassino. Uno che picchia, e picchia, e picchia fino ad ammazzare. No. O almeno cosí verrebbe naturale rispondere. Certo, Verlaine tirò un colpo di pistola a Rimbaud, ma a parte che lo ha quasi mancato, si è trattato di uno scatto d'ira particolare, e anche Nerone scriveva poesie, ma non potremmo definirlo un poeta, per cui, per quanto mi ricordi, non ci sono esempi in questo senso. E un musicista? Un bluesman, un jazzista, un rocker? Sí, lí gli esempi ci sono, da Sid Vicious che uccide a coltellate la fidanzata Nancy ai conflitti a fuoco tra le gang di *gansta rappers* come Tupac Shakur e Notorious B.I.G.

Bertrand Cantat, il cantante dei Noir Désir, è tutte e tre le cose, poeta, musicista rock e assassino. Poeta struggente, musicista ispirato e assassino brutale. Come è possibile? Nei romanzi polizieschi di Augusto De Angelis, che scriveva negli anni Trenta, c'è un commissario, il commissario De Vincenzi, un tipo strano, che ama ascoltare musica «trasgressiva, perversa e negroide», come era definito il jazz, proibito negli anni del fascismo, che a ogni omicidio si pone la stessa domanda. Sí, scoprire chi è stato è importante, ma in fondo conta poco. Quello che conta, il vero mistero, è il mistero dell'animo umano. Cosa si nasconde lí dentro? Perché dal punto di vista del giallo, del capire chi è stato, nel caso dell'omicidio di Marie Trintignant non c'è proprio niente da scoprire.

Inizia tutto il 27 luglio 2003, in un albergo di Vilnius, la capitale della Lituania. Domina Plaza, terzo piano, stanza 35. Marie è a letto, coperta fino alla testa. Suo fratello Vincent è di là, nell'altra stanza della suite, con Bertrand, il fidanzato di Marie. Sono le quattro del mattino e Bertrand ha chiamato Vincent, che è arrivato subito. Lui e Marie avevano litigato, un brutto litigio, cattivo, si sono messi le mani addosso, ma adesso Marie è di là, a letto, che dorme. Vincent controlla, e infatti sí, Marie è a letto e sembra tranquilla, là nella penombra. Poi però arriva il sole, a Vilnius in luglio è fresco, ma la luce è quella dell'estate, e quando illumina la camera Vincent vede che Marie non è cosí tranquilla come pensava. Dorme, ma il suo non è un sonno naturale, sta male, e soprattutto ha brutti segni sul volto, tagli, graffi, è tumefatta, e ha il naso gonfio. Vincent chiama un ambulanza che la porta all'ospedale di Vilnius, dove Marie viene ricoverata d'urgenza.

Marie è Marie Trintignant, figlia dell'attore Jean-Louis Trintignant e della regista Nadine Marquand. Anche Marie lavora in quel campo, è un'attrice, ha quarant'anni e ha fatto un sacco di film per il cinema e per la televisione, ha lavorato con Claude Chabrol ed Ettore Scola e in Francia è molto conosciuta. No, anzi, non è soltanto conosciuta, Marie, è amata. Timida, riservata, malinconica, bella senza essere bellissima, a guardarla si capisce subito che è una persona fragile e incredibilmente sensibile, quasi indifesa. Ma non è debole, Marie, non è passiva, prende posizione, e con passione, sulle cose che non le piacciono. È impegnata contro la guerra in Iraq, contro Bush, per la pace, per le donne, per i diritti civili, è anche per questo che la amano in tanti.

All'ospedale di Vilnius Marie arriva alle 7,30 del mattino. È in coma e le sue condizioni appaiono subito gravissime. A Vilnius riceve le prime cure, ma i medici non riescono a farla uscire dal coma. Allora viene trasportata in Francia, dove subisce due interventi. A operarla è un mago della chirurgia, il dottor Delajoux, che quando esce dalla sala operatoria per l'ultima volta rilascia alla stampa una dichiarazione rassegnata. «Per Marie, – dice, – non c'è piú alcuna speranza. Purtroppo è in uno stato dove non esiste sofferenza. Le ore di Marie Trintignant sono contate». È vero. Marie muore poco dopo, il 1° di agosto per un edema cerebrale. E in quel momento Bertrand, rinchiuso nel carcere di Vilnius da quella mattina di quel 27 luglio, diventa un assassino.

Anche Bertrand Cantat è molto amato, ed è proprio questa una delle caratteristiche di questa storia. I protagonisti, la vittima e l'assassino, sono personaggi particolari, non perché siano ricchi e famosi, non perché siano dei Vip, ma perché sono amati, nel senso piú intenso della parola. Bertrand è Bertrand Cantat, il leader, il frontman, l'anima dei Noir Désir. Che a loro volta non sono soltanto i Noir Désir, non sono soltanto una band che da Bordeaux ha scalato le classifiche francesi con un milione di copie vendute con ogni disco e da almeno un anno ha cominciato a farsi apprezzare parecchio anche in Italia. Sono i «Noir Dés», le cui canzoni si trovano nei walkman e sui diari di migliaia di adolescenti e non solo, la cui musica ha fatto da colonna sonora alle inquietudini, alle malinconie e alla rabbia di tanti, in tutta Europa. E lui, Bertrand, quarant'anni come Marie, come lei bello senza essere bellissimo, è l'anima di tutto questo. A metà fra Léo Ferré, Jacques Brel e Michael Stipe dei Rem, fra Lautréamont e Majakovskij, Bertrand è un poeta dell'inquietudine, capace di lunghissime ballate letterarie come di veloci e arrabbiatissimi pezzi quasi punk. *Le vent nous portera*, il vento ci porterà si chiama il singolo che li fa conoscere definitivamente in Italia, e alla chitarra, ad accompagnare Bernard in una ballata semplice e intensa, c'è Manu Chao. Perché anche Bertrand è molto impegnato, ed è amato anche per questo. Schierato contro il Front National di Le Pen, a favore dei *sans papiers*, gli immigrati clandestini privi di documenti, contro il razzismo e a favore del movimento no global, o come lo si voglia chiamare. È amatissimo, Bertrand, è adorato, è un poeta. E adesso rischia fino a quindici anni per omicidio. Per aver ammazzato Marie. Non ammazzato e basta. Per averla brutalmente ammazzata.

Marie e Bertrand stanno assieme da poco piú di un anno. Sono a Vilnius perché lei sta girando, fa la scrittrice Colette in un film con la regia della madre Nadine. Il 27 luglio 2003, sono quasi le due del mattino, rientrano in albergo. Sono stati in giro con gli altri a festeggiare l'ultimo giorno di riprese e hanno bevuto parecchio, tutti e due. Domina Plaza, terzo piano, stanza 35. A Marie arriva un messaggio sul cellulare e Bertrand lo vede. Non è un messaggio particolare, ma è indirizzato «alla mia piccola Janis», il personaggio che Marie ha finito di interpretare prima di andare a Vilnius, ed è un messaggio di Samuel. Samuel è Samuel Bencherit, è il regista del film *Janis e John*, ma in particolare è l'ex marito di Marie. Lei se ne è appena separata e adesso sta con Bertrand, ma i rapporti con Samuel sono rimasti buoni e Bertrand ne è geloso. Quello che succede dopo lo racconta Bertrand.

Litigano, litigano molto, tanto che un cliente dell'albergo va a bussare alla porta della camera perché fanno troppo chiasso. Bertrand apre la porta, si scusa, poi torna dentro e ricominciano. Marie diventa «isterica», dice Bertrand, allora lui la schiaffeggia, quattro schiaffi, avanti e indietro, che le lasciano dei segni sul volto, perché lui ha le dita piene di anelli. Marie cade e batte la testa, ma sul momento non sembra essersi fatta niente. Va a letto. Bertrand è ancora sconvolto dal litigio, chiama il fratello di Marie che sta in un albergo vicino e anche lui non si accorge di niente, fino al mattino. Allora l'ambulanza e l'ospedale. Marie è morta, ma lui non voleva ucciderla. È stato un incidente, una tragedia, e non lo lascia indifferente come dimostrano i suoi tentativi di suicidio che obbligano le autorità di Vilnius a tenerlo sotto continua sorveglianza nell'infermeria del carcere.

Anche l'autopsia e la perizia del medico legale raccontano quello che è successo, ma raccontano un'altra cosa.

Litigano, e Bertrand colpisce Marie, ma non le dà quattro schiaffi, la colpisce su tutto il corpo, le rompe il naso, la scuote e la colpisce al volto, tante volte e cosí forte che saranno proprio quei colpi a ucciderla. Quando l'ha aggredita, dice l'esame tossicologico, Bertrand era in preda a un cocktail di eroina e amfetamine, un brutto speed a cui si è aggiunto tutto l'alcol che aveva bevuto. E prima di chiamare aiuto ha aspettato almeno sei ore, e se Marie avesse potuto essere salvata, dopo era comunque troppo tardi.

Il tribunale di Vilnius crede alle perizie, ma crede anche a Bertrand, e lo condanna a otto anni di carcere per aver causato la morte di Marie, anche se non voleva.

Qui finisce il giallo, ma secondo il commissario De Vincenzi il vero mistero comincia qui. E non si indaga piú nelle aule di tribunale, ma su Internet, nei blog, nei forum e nei siti sui Noir Dés, sui giornali, nelle lettere degli appassionati, in chi si chiede: «Potremo ancora ascoltare la loro musica?» o in chi manda messaggi di sostegno a Bertrand, «Comunque sarai sempre uno dei nostri». Dramma della droga e del delirio, follia, cattiveria, violenza e inquietudine, tradimento dei buoni sentimenti, la metà oscura che si nasconde in ognuno di noi, anche i piú sensibili, anche i poeti, la degenerazione di una musica corrotta e di uno stile di vita irresponsabile, l'immaturità, il fato, il destino, il caso.

Non c'è una risposta. Non per niente al commissario De Vincenzi interessava il mistero del cuore umano, ma alla fine dei gialli di cui era protagonista quello che trovava era solo il nome del colpevole. Neanche lui sarebbe riuscito a scoprire cosa succede dentro quando un poeta diventa un assassino.

HEATH LEDGER
È stato il Joker a ucciderlo?

La casa è un bell'appartamento con un giardino cosí verde che non sembra neanche di essere a New York. A Brome Street, poi, a SoHo, nel cuore di Manhattan. Lo chiamano loft, in realtà non è né uno stanzone di tipo industriale né un monolocale in stile bohémien, come di solito fa pensare il termine: è un appartamento, grande e anche piuttosto bello, perché chi ci abita è un giovane attore ricco e famoso. Se non fosse per la privacy che ossessiona chiunque faccia il suo mestiere, ci sarebbe il suo nome sul citofono. Ledger, Heath Ledger.

Uno come lui, giovane, ricco, famoso e artista, quando non lavora di solito dorme fino a tardi. Heath sta girando, ha una parte da protagonista in *The Imaginarium of Doctor Parnassus*, di Terry Gilliam, ma quel martedí non deve indossare i panni del clown che interpreta in quei giorni. Il primo appuntamento, infatti, ce l'ha alle tre, con una ragazza che si chiama Diane Lee Wolozin, ed è un appuntamento di tutto riposo, perché Diane è una massaggiatrice. Anche la domestica che gli tiene a posto la casa arriva a quell'ora e trova Diane sulla porta.

Però c'è qualcosa che non va. Perché Diane ha suonato, piú volte, anche, ma Heath non è venuto ad aprire. La domestica ha le chiavi, e le usa per entrare. Chiama il signor Ledger, lo chiama anche Diane, dalla porta, ma non risponde nessuno. Eppure è in casa, si vede subito da quello che ha lasciato in giro, le case te lo dicono se qualcuno c'è oppure no, e la domestica quella casa la conosce bene.

E infatti Heath è in casa. C'è un letto, in fondo alla stanza, e il signor Ledger è laggiú. Steso fra le lenzuola, nudo, completamente nudo, e anche se «Empire Magazine» lo ha eletto tra i cento uomini piú sexy del mondo, non è un bello spettacolo, perché si vede subito che è morto.

La polizia arriva alle 15,33, sette minuti dopo essere stata chiamata al 911, il numero d'emergenza. Arrivano anche i paramedici dell'ambulanza, che cercano di rianimare Heath, defibrillatore, elettrodi, uno, due, tre, libera, come nei telefilm di *E. R.* Ma quello non è un set, è la realtà, gli infermieri non dicono: «Lo stiamo perdendo», perché lo sanno che ormai non c'è piú niente da fare. Ci provano lo stesso, tre minuti, poi alle 15,36 dichiarano il decesso.

Martedí 22 gennaio 2008, le agenzie battono la notizia: «Trovato morto nel suo appartamento l'attore Heath Ledger», specificando che si tratta di quello di *I segreti di Brokeback Mountain*, il cowboy omosessuale del film di Ang Lee, candidato all'Oscar per la migliore interpretazione. Perché anche se ha appena ventotto anni, recita da tempo e ha fatto molte cose – *Il patriota* con Mel Gibson, *Il destino di un cavaliere* di Brian Helgeland o *Io non sono qui* nella parte di Bob Dylan – Heath Ledger non è ancora immediatamente riconoscibile al grande pubblico.

Ma cosa gli è successo? Il coroner di New York esegue l'autopsia poche ore dopo l'arrivo di Heath all'ospedale, poi si prende un po' di tempo per ragionarci sopra e il 6 febbraio stende il referto. *Mr Heath Ledger died as the result of acute intoxication*, Mister Heath Ledger è morto per una intossicazione acuta provocata dagli effetti combinati di oxicodone, idrocodone, diazepam, temazepam, alrazolam e doxylamide. Sono tutti sonniferi e ansiolitici. Un'overdose di psicofarmaci, insomma, che gli ha provocato una crisi cardiaca alle ore 14,45 di quel martedí pomeriggio, poco prima che arrivassero la domestica e la massaggiatrice.

Quando uno come Heath, giovane, bello, ricco e famoso, muore cosí, all'improvviso, tutti cominciano a formulare ipotesi, a chiedersi perché è successo.

Un incidente, troppi farmaci mescolati assieme con leggerezza, come succede a chi ne abusa, e infatti la lunga lista di medicine trovate dal coroner nel sangue del signor Ledger è legale e regolarmente prescritta dal medico, anche se con un'altra posologia.

Oppure un suicidio, come dice qualche amico di Heath che fa notare come fosse ancora depresso per il divorzio dalla moglie, anche lei un'attrice giovane, bella e famosa, Michelle Williams, conosciuta sul set del film di Ang Lee. Corre voce che Michelle volesse impedirgli di vedere la figlia piccola perché era diventato troppo dipendente dalla droga, e salta fuori anche un vecchissimo video privato girato in una stanza d'albergo durante una festa in cui circola parecchia roba. Ma la famiglia e gli amici di Heath smentiscono tutto, il video poi è di parecchi anni prima, di droga non se ne vede, e non basta a nutrire la follia dei dietrologi la coincidenza che sia stato girato allo Chateau Marmont di Los Angeles: proprio il residence in cui, al bungalow numero 3, è stato trovato John Belushi, stroncato anche lui da un'overdose, nel 1982.

Poi, all'improvviso, arriva un'altra ipotesi, molto piú inquietante. Quella di omicidio. E tra gli omicidi che si possano immaginare, questo sarebbe di sicuro uno dei piú strani.

All'inizio la polizia qualche domanda se la fa. Perché la massaggiatrice, Diane, appena scopre Heath steso sul letto non chiama subito il 911, ma un'altra attrice, una sua amica che si chiama Mary Kate Olsen. Lo fa col telefono di Heath e lo fa per tre volte fra le 15,17 e le 15,24. Perché? Perché è spaventata, c'è il signor Ledger morto, steso sul letto, è anche un tipo particolare, ricco e famoso, Diane si fa prendere dal panico e chiama qualcuno, e infatti assieme agli agenti del 911 arriva anche una guardia privata che Mary Kate ha avvertito subito, e Diane la chiama ancora, alle 15,36, per dirle che non c'è piú niente da fare e che Heath è morto. Insomma, niente di strano, e Diane non viene neppure indagata per omissione di soccorso per non aver chiamato subito il 911.

Nessuno viene indagato per niente in relazione alla morte di Heath Ledger. E infatti la polizia non può farlo. Perché l'assassino di Heath, secondo l'ipotesi inquietante di un omicidio, non sarebbe una persona reale, ma un personaggio immaginario.

Il Joker, il Jolly, il nemico giurato di Batman.

Prima di vestire i panni del clown nel film di Gilliam, Heath Ledger aveva vestito quelli allucinati e spaventosi di uno dei piú feroci criminali di Gotham City, e aveva avuto il suo ghigno rosso dipinto sulla faccia bianca, sfigurata dall'incidente che lo aveva fatto impazzire. *The Dark Knight* di Christopher Nolan, terminato di girare alla fine del 2007.

Non era stata una cosa facile, e Heath stesso lo racconta in una intervista. C'è una vecchia tecnica che insegnano all'Actors Studio, quello in cui hanno imparato mostri sacri come Marlon Brando e Robert De Niro, che consiste nel calarsi totalmente nel personaggio. Per riuscirci Heath passa un mese da solo in un albergo a leggere romanzi e vedere film dell'orrore. Non deve *fingere* di essere uno psicopatico assassino come il Joker, deve *esserlo*, muoversi come lui, pensare come lui, parlare come lui. Tiene anche un diario in cui annota i suoi pensieri, ma non quelli di Heath Ledger, no, quelli del Joker.

Heath è un attore, non è che dopo il film se ne va in giro vestito da Joker ad ammazzare davvero la gente, ma lo sforzo di quell'interpretazione ha un costo emotivo e psicologico, come dice lui stesso. Già prima faceva uso di psicofarmaci, adesso ancora di piú, perché non riesce piú a dormire, non riesce a spegnere il cervello, e allora si impasticca piú che può. Finché non muore.

Sarà vero? Sarà stato davvero il Joker a uccidere, anche se indirettamente, Heath Ledger?

Provarlo è impossibile. Però intanto qualcosa è successo. Un'altra cosa che riporta tutta questa storia sul piano incredibile dell'immaginario.

Quando muore, Heath Ledger stava girando il film di Terry Gilliam, che era un amico dell'attore e non se l'è sentita di cancellare la sua parte e di sostituirlo con un altro. Cosí ha cambiato la sceneggiatura, il personaggio di Heath ha le sue sembianze nelle scene già girate e in quelle ancora da fare, grazie a uno specchio magico, ha un altro corpo e un altro volto, prestato da altri attori, tutti suoi amici, in una specie di omaggio. Cosí, come era già accaduto a Brandon Lee, morto durante la lavorazione di *Il corvo* e resuscitato dal computer, è come se Heath continui a recitare anche dopo morto.

Ed è giusto. Se proprio deve essere stato un personaggio immaginario a uccidere Heath Ledger, che almeno continui a vivere, da personaggio immaginario.

LUIGI TENCO

Un giorno dopo l'altro

E in Italia? Non ce ne sono di pazzi geniali e maledetti, in Italia? Sí, e anche tanti. Teneri, inquieti, disperati e grandissimi. Uno tra tutti: Luigi Tenco.

Se fosse nato negli Stati Uniti, o anche solo in Inghilterra o in Francia, sarebbe stato una star, perché era bello, dotato di un fascino tenebroso e maledetto, era bravo, un genio e un poeta, ed era *contro*, sempre inquieto e insoddisfatto. Ed era morto giovane, ad appena ventinove anni. E di una morte misteriosa.

Invece Luigi Tenco era nato a Cassine, in provincia di Alessandria, in un'Italia ancora quasi ignara del '68 in arrivo, che gli aveva decretato a fatica un successo di culto, fragile e tormentato, come lui. E quanto alla morte, solo qualche indagine frettolosa e anni di imbarazzato silenzio, come spesso accade in Italia, che pur sembrando il paese dei misteri, certi misteri pare rifiutarli. Perché nella morte di Luigi Tenco, nel suo suicidio, qualcosa di strano c'è. Forse non significa nulla, ma vale la pena guardarci.

Luigi Tenco muore la notte tra il 26 e il 27 gennaio del 1967, a Sanremo, durante il Festival. A trovarlo nella stanza 219 dell'Hotel Savoy è Dalida, un'interpretete molto nota che assieme a lui quella sera aveva cantato *Ciao amore ciao*. Sono passate da poco le due del mattino e Dalida è andata in camera di Tenco a vedere come sta, perché la loro canzone è stata eliminata dalla giuria del Festival e lui sembra averla presa molto male. La porta è socchiusa, con le chiavi ancora fuori, nella serratura. Dalida la apre e vede Tenco steso a terra. Allora si attacca al telefono per chiamare aiuto, abbraccia Tenco e si mette a urlare, e quando arriva gente corre fuori dalla stanza con i vestiti sporchi di sangue. Lucio Dalla, che stava nella camera vicina, scende nella hall dell'albergo, sconvolto, ed è il primo a raccontare a tutti che è successo qualcosa a Tenco. Ma cosa è successo?

Il commissario Arrigo Molinari, del commissariato di pubblica sicurezza di Sanremo, arriva verso le tre del mattino assieme ad alcuni agenti e al medico legale. Tenco è morto per un colpo di pistola alla testa, ed è «evidente la posizione assunta dal cadavere come conseguenza di ferita d'arma da fuoco a scopo suicida». La pistola c'è, una piccola Walter Pkk calibro 7.65, e c'è anche un biglietto su un tavolino, scritto su carta intestata dell'albergo, la cui calligrafia viene riconosciuta come quella di Tenco:

> Io ho voluto bene al pubblico italiano e gli ho dedicato inutilmente cinque anni della mia vita. Faccio questo non perché son stanco della vita (tutt'altro) ma come atto di protesta contro un pubblico che manda *Io tu e le rose* in finale e una commissione che seleziona *La rivoluzione*. Spero serva a chiarire le idee a qualcuno. Ciao, Luigi.

È un caso molto chiaro, e il 24 giugno di quell'anno la procura chiude ufficialmente l'inchiesta. Luigi Tenco si è suicidato.

Ma è vero? Forse, anzi, probabilmente. Ma ci sono molte cose che non tornano nelle ultime ore della vita di Tenco. Le hanno ricostruite alcuni giornalisti, come Aldo Fegatelli Colonna nel suo libro *Luigi Tenco, vita breve e morte di un genio musicale*, solo per citarne uno, e qualcosa di strano, in effetti, c'è.

Quella sera, al Festival, Tenco è dietro le quinte, terrorizzato, perché ha sempre avuto la fobia del pubblico. Una dose di Pronox, un ansiolitico piuttosto forte, una intera bottiglia di grappa di pere e la spinta di Mike Bongiorno, che conduce il Festival, riescono a farlo uscire. Canta la sua canzone, e la canta male. *Ciao amore ciao* prende solo trentotto voti sui novecento della giuria popolare, e la commissione per il ripescaggio preferisce *La rivoluzione* eseguita da Gianni Pettenati. Luigi Tenco e Dalida sono fuori dal 17° Festival di Sanremo.

Tenco la prende malissimo. Tratta male tutti e guida come un pazzo fino all'albergo, perché a cena con Dalida e gli altri non ci vuole andare. In camera telefona a Valeria, la ragazza che ama da sempre, anche se i rotocalchi lo dànno fidanzato con Dalida e addirittura sul punto di sposarla. Si sfoga con lei, dice che convocherà una conferenza stampa per protestare, che compreranno un casolare in campagna e vivranno insieme, avranno un figlio. È l'una e mezzo. Poco piú di mezz'ora dopo Dalida arriva e lo trova a terra, morto.

Ci sta che si sia suicidato. Uno come Tenco, cosí inquieto, insoddisfatto, contradditorio, un ribelle, un cantautore impegnato che anticipa i temi del '68 e che allo stesso tempo si ritrova a Sanremo a inseguire il sogno di una popolarità da star, prigioniero delle logiche commerciali delle case discografiche. Che ama Valeria ma è innamorato di Dalida. Che è stanco, pieno di ansiolitici e alcol, e ha appena subito una delusione frustrante. Uno come lui, capace di scrivere canzoni di una disperazione esistenziale bellissima e insopportabile come *Un giorno dopo l'altro*. Se si spara non è per un festival, ma per un ideale tormentato, una crisi esistenziale: un «suicidio filosofico» come già è accaduto a molti poeti, scrittori e muscisti.

Quello che fa acqua, però, è soprattutto l'indagine della polizia. La perizia del medico legale parla di una posizione che è *evidentemente* quella di un suicida. Ma qual è questa posizione?

Le foto ufficiali ritraggono Luigi Tenco steso sul pavimento della camera, con i piedi infilati sotto un cassettone e la pistola accanto, quasi sotto il sedere. Ma non sono vere. Il corpo di Tenco era già in viaggio verso l'obitorio quando il commissario Molinari si accorge che l'ha fatto rimuovere prima dell'arrivo della scientifica, e cosí gli agenti lo riportano indietro e lo compongono com'era quando l'hanno trovato. Ma come l'hanno trovato? I testimoni accorsi alle urla di Dalida hanno tutti una versione differente, seduto per terra con il busto appoggiato al letto, parallelo al letto con i piedi che sporgono, no, parallelo al letto ma con la testa che sporge, addirittura seduto riverso sul letto con i piedi sul pavimento.

E la pistola? In fondo alla stanza, no, sul comò, no, in mano, neanche, tra le gambe. E quale pistola? La Walter Pkk che Tenco si portava dietro quei giorni. Ma il giornalista Mino Durand dice di averla presa in mano, quella pistola, prima di accorgersi di aver fatto una cavolata e averla rimessa nel pugno di Tenco, e che si trattava di una Beretta calibro 22.

E come si è sparato, Tenco? Ha una ferita alla tempia destra e nessun altro foro visibile, ma è proprio da quella parte che è imbrattato di sangue e materia cerebrale, come di solito avviene dal foro di uscita di un proiettile. Forse il medico legale è stato troppo frettoloso e ha commesso qualche errore. E quando si è sparato? L'ora della morte non è chiara e oscilla tra l'una e trenta e le due e trenta. Basterebbe chiedere conferma a chi ha sentito lo sparo, ma quello sparo non lo ha sentito nessuno, né Lucio Dalla né gli altri che stavano nelle camere vicine.

Certo, i testimoni possono sbagliarsi e in una scena del delitto contaminata come quella è facile confondere le cose. Ci sarebbe un modo per sapere la verità, e fin da subito. Fare il guanto di paraffina a Luigi Tenco per vedere se e come si è sparato, fargli l'autopsia ed estrarre anche il proiettile per una perizia balistica. Ma nessuno ha fatto niente di tutto questo. Era un caso cosí chiaro. E poi certe indagini costano, e come racconta lo stesso commissario Molinari, la procura aveva già sforato il bilancio.

Ma se non fosse un suicidio, se fosse un omicidio, quale sarebbe il movente? Ne vengono indicati due.

I soldi. Quel pomeriggio Luigi Tenco aveva vinto una bella somma alla roulette del Casinò, circa tre milioni di lire, milioni di allora. Che non sono mai stati trovati.

L'amore. Luigi Tenco aveva una situazione sentimentale complicata ed era circondato da persone molto gelose. Diceva che era proprio per quello che si portava dietro la Walter, perché era stato minacciato e aveva paura.

Dopo quasi quarant'anni, il procuratore della Repubblica di Sanremo Mario Gagliano riapre le indagini sulla base degli elementi raccolti da Colonna e altri giornalisti come Marco Buttazzi e Andrea Pomati. Il primo provvedimento è quello di riesumare il corpo di Luigi Tenco, procedere con l'autopsia e recuperare il proiettile. Le indagini si chiudono propendendo per la tesi del suicidio. Per qualcuno però il mistero rimane, per qualcun altro invece sarebbe meglio lasciar stare i morti. Ma c'è solo un modo per risolvere un mistero, anche soltanto per riconoscere definitivamente che quel mistero non esiste, ed è quello di indagarlo fino in fondo. Non basta rimuoverlo in fretta, *digerirlo*, come fece l'organizzazione del Festival con le parole di Mike Bongiorno: «Signore e signori, buonasera. Diamo inizio alla seconda serata con una nota di mestizia per il triste evento che ha colpito un valoroso rappresentante del mondo della canzone. Anche questa sera per presentare le canzoni è con me Renata Mauro. Allora, Renata, chi è il primo cantante di questa sera?»

Sarebbe bello poter pensare a Luigi Tenco soltanto come l'autore di *Lontano lontano*, *Angela* e *Vedrai vedrai*, e non come il solito infinito mistero italiano.

Sympathy for the Devil

ANTON SZANDOR LAVEY E JAYNE MANSFIELD

Statale 90, la curva dell'uomo morto

Sulla Old Spanish Trail, la statale 90 che attraversa la Louisiana fino a New Orleans, a poco piú di un miglio a ovest della località di Rigolets, c'è una curva. Una brutta curva, la chiamano la *dead man's curve*, la curva dell'uomo morto. Non si vede niente dall'altra parte, la strada è stretta ed è anche buio, sono le 2,25 del mattino del 28 giugno 1967. Al volante c'è Ronnie, un ragazzo di vent'anni fresco di patente, stanco e forse anche distratto dall'avere con sé niente di meno che la bomba del sesso di quegli anni, la grande, bellissima, sensuale Jayne Mansfield, che con le sue forme mozzafiato esibite in film come *Baciala per me* o *La bionda esplosiva* turba i sogni erotici degli americani, e non solo. Sarà per quello che non vede quell'enorme camion che si ritrova davanti? Forse anche il camionista è stanco, o forse anche lui sta sognando le forme della Mansfield attaccate in poster al finestrino, ma ecco quella Buick Electra del '66 arrivare a ottanta miglia all'ora e infilarsi sotto la sua cisterna carica di insetticida. La botta stacca quasi di netto la parte superiore dell'Electra, uccidendo sul colpo Ronnie e anche Sam Brody, il fidanzato dell'attrice, che sedeva davanti con loro. Muore anche il piccolo chihuahua che la Mansfield teneva in braccio. Dietro ci sono i suoi tre figli, che per fortuna non si fanno niente.

Anche Jayne è morta sul colpo. *Avulsion of cranium and brain*, c'è scritto sul certificato di morte dello Stato della

Louisiana, distacco del cranio e del cervello, lei, una delle donne piú belle d'America. Ma non è soltanto questo particolare macabro a fare della morte della Mansfield un argomento di culto per gli appassionati di forti emozioni. C'è anche qualcos'altro. Perché tra i presunti responsabili dell'incidente, assieme al camionista, al povero Ronnie e anche allo Stato della Louisiana che tiene cosí male le sue strade, c'è un imputato d'eccezione.

Il Principe delle Tenebre.

Satana, in persona.

Jayne Mansfield è un'attrice. Gli attori stanno a Hollywood, e come titolano un paio di libri del regista Kenneth Anger, Hollywood è Babilonia, specie in quegli anni. Gli attori e le attrici ne fanno di tutti i colori, scandali sessuali, droghe, omicidi, strani suicidi. Parecchi di loro sono molto religiosi. Molto devoti. Vanno spesso in chiesa. La Satanic Church di San Francisco, la Chiesa di Satana fondata da Anton Szandor LaVey.

In realtà il suo nome non è proprio quello. Si chiama Howard Stenton Levey, e non ha fatto tutti i mestieri che dice la sua autobiografia, il domatore di leoni in un circo, il fotografo di cadaveri per il dipartimento di polizia di San Francisco. Non è vero neanche che sia nato con una coda, poi asportata chirurgicamente. Ma che sia il papa nero della piú famosa e diffusa setta satanica, questo è vero.

Forse sarà stata la sua passione per l'organo che suonava nelle chiese, uno strumento sacro e anche molto inquietante, ma LaVey comincia a interessarsi di occultismo fino dagli anni Cinquanta. Il suo primo incontro con il Principe delle Tenebre ce l'ha attraverso le teorie del filosofo inglese Aleister Crowley, il fondatore dell'Ordo Templi Orientis e dell'Abbazia di Thélema, che compare misteriosamente anche nel coro di personaggi sulla copertina di *Sgt Pepper's Lonel[y] Club Band* dei Beatles. Poi LaVey incontra il regista underground Kenneth Anger, quello di *Hollywood Babilonia* appunto, e assieme fondano una setta, la Magic Circle, il cerchio magico, che poi nel 1966 diventa la Chiesa satanica di San Francisco.

È strana la Chiesa satanica di LaVey. Perché ha dei *satanic rituals*, dei rituali satanici, una messa nera rigorosamente codificata che prevede pratiche di magia sessuale, e anche una *satanic Bible*, una Bibbia satanica scritta dal papa nero in persona, ma al Diavolo non ci crede. Crede nel «potenziale umano» liberato dal senso del peccato del cristianesimo e in grado cosí di vivere pienamente la vita secondo il principio fondamentale non dell'amore, che porta infelicità, ma dell'egoismo. Satana non esiste, è un simbolo, da onorare in quanto tale.

È molto ironico, LaVey, come quando inserisce nella sua religione i cinque principî del Gattismo, la filosofia dei gatti: non correre se puoi camminare, non camminare se puoi stare in piedi, non stare in piedi se puoi sederti, non sederti se puoi sdraiarti, non stare sveglio se puoi farti un pisolino. Ma è anche molto brillante e dotato di un sicuro carisma, col suo cranio completamente rasato, il pizzetto mefistofelico e lo sguardo diabolico. La sua Chiesa satanica ha un enorme successo in quegli anni cosí ribelli e inquieti e in un luogo cosí inquieto e ribelle come la California degli anni Sessanta. E in particolare a Hollywood Babilonia, dove fioriscono i pettegolezzi su chi ne faccia parte. Jayne Mansfield, per esempio, che non solo sarebbe un'adepta, ma anche una sacerdotessa. E poi anche l'attrice Kim Novak, il cantante Sammy Davis junior, che fa parte del *clan* di Frank Sinatra, l'attore Bobby Beausoleil, e in qualche occasione si sarebbero visti pure Richard Burton, Onassis e Maria Callas. Anche Marilyn Monroe avrebbe avuto una storia con LaVey. Pettegolezzi, voci, *rumors*, a volte completamente infondati e a volte no, ma che fanno di lui il papa nero. Tanto che quando Roman Polanski deve girare *Rosemary's Baby. Nastro rosso a New York*, uno dei suoi film piú belli e terrificanti che ha per oggetto una storia di sette sataniche, LaVey viene chiamato come consulente. Il film è tratto da un romanzo di Ira Levin e racconta la storia di una donna, Rosemary, che nel film è interpretata da una bella e fragile Mia Farrow. Rosemary vive a New York e aspetta un bambino. Qual è il problema, e perché questa non è soltanto una bella storia d'amore materno? Perché il bambino è stato promesso a una setta satanica da cui la povera Rosemary è inconsapevolmente circondata. Bellissimo film, molto diabolico come parte del cinema di Polanski, un film «di paura» che ha spaventato molta gente e che entra involontariamente nelle leggende nere di Hollywood. C'è infatti uno strano tipo che si chiama Charles Manson: vive nel deserto della California con la sua comune – la sua Family – di strani hippie strafatti di Lsd e dice di essere il Diavolo. Nel 1969 i suoi adepti fanno un paio di incursioni nelle ville che stanno attorno a Bel Air e massacrano tutti gli occupanti. E fanno irruzione anche nella villa di Bel Air di Polanski e sterminano la moglie del regista, Sharon Tate, assieme a tutti i suoi ospiti. Vedi, dice qualcuno, a scherzare col Diavolo...

Non c'entrano niente con LaVey e la sua Chiesa, proprio niente, ma i massacri di Bel Air accendono i riflettori sulle sette di ispirazione satanica, portandole all'attenzione dei media, dell'opinione pubblica e della polizia. Nessuno vuole o è in grado di fare distinzioni fra il satanismo *acido* dei gruppetti alla Manson, le sette esoteriche, i movimenti filosofici o le chiese vere e proprie. Per la gente sono tutti *fucking Devil worshippers*, fottuti adoratori del Diavolo. Anche la Chiesa satanica di San Francisco subisce critiche e scissioni e calano le adesioni illustri, perché avere qualcosa a che fare con Satana è diventato piuttosto imbarazzante, soprattutto per un attore.

Chissà cosa avrebbe detto Jayne Mansfield dopo le stragi di Bel Air. Chissà se avrebbe continuato a coprire le sue forme mozzafiato col mantello di raso nero che i *rumors* di Hollywood Babilonia le attribuivano. La curva dell'uomo morto della statale 90 la uccide qualche anno prima. Le malelingue di Hollywood arrivano anche a ipotizzare che non sia stato un caso e che l'incidente sia stato provocato proprio da LaVey, perché Jayne voleva lasciare la setta, istigata dal fidanzato che nell'incidente le sedeva accanto.

Difficile, oggettivamente.

Molto piú facile, allora, pensare che a metterci lo zampino, o meglio la coda, sia stato proprio il Diavolo.

BRIAN JONES

Fluttuava in una nuvola di capelli biondi

Death by misadventure, morte accidentale, con quel *misadventure*, disgrazia, disavventura, sventura, che sembra il tributo da pagare a una vita *sventurata*, tutta genio e sregolatezza. John Belushi, Sid Vicious, Janis Joplin, Elvis Presley, uccisi da qualcosa frettolosamente archiviato come overdose da, aritmia provocata da, soffocamento causato da, poi una serie di nomi da cassaforte di farmacia estratti dal referto tossicologico. Morti accidentali, sventure, alcune intorbidate dal sospetto di una insopportabile voglia di farla finita, altre elevate al rango di una resurrezione, con le vittime viste da qualcuno su un'isola deserta, sotto falso nome. Su altre, invece, grava il sospetto di qualcosa di diverso. Che non siano cosí accidentali come sembrano, anzi. Che al posto di *death by misadventure* sul referto del coroner ci debba essere scritto *death by murder*, morte per omicidio. Una di queste, secondo qualcuno, è la morte di Brian Jones.

Prendiamola da lontano, dal luogo in cui si sono svolti i fatti, come farebbe il coroner, che proprio da lí partirebbe, da quella villa a Hartfield, nel Sussex, un centinaio di chilometri a sud di Londra. La villa sta in una tenuta che si chiama Cotchford Farm e che apparteneva a uno scrittore per bambini, A. A. Milne, l'inventore di Winnie the Pooh. Ci sono ancora i personaggi dei libri sparsi per il giardino, ed è strano, è uno di quei contrasti forti che gli autori di romanzi gialli usano per ambientare le loro storie, perché sul fondo della piscina c'è un uomo che difficilmente riusciresti a immaginare assorto nella lettura delle avventure dell'orsetto Winnie. È un musicista, un chitarrista che si chiama Brian Jones.

Se il Diavolo in persona si fosse stancato di suonare il blues nel Delta del Mississippi e avesse deciso di spostarsi nella *swingin' London* dei primi anni Sessanta, forse tra le band del momento avrebbe scelto i Rolling Stones. Ma sicuramente, tra gli Stones, avrebbe scelto di essere Brian Jones. Non l'istrionico Mick Jagger o il gelido Charlie Watts, ma il geniale, inquieto, insopportabile Brian Jones. E questa, dal punto di vista di un rocker, non è una critica, ma un complimento.

È il maggio del 1962 quando un ragazzo di vent'anni dal volto rotondo e un caschetto di capelli biondi che sembra scolpito nel legno mette un annuncio su «Jazz News», un giornale musicale di Londra. Cerca musicisti per mettere su una band di blues stile Chicago, che suoni alla Muddy Waters, di cui è un fanatico ammiratore, di piú, un seguace, lo considerano il miglior suonatore di *slide guitars* di tutta la città. Brian scrive il suo annuncio e comincia a incontrare un po' di gente che vuole suonare con lui. Con alcuni non funziona, con altri invece sí, e cosí alla fine rimangono lui, un tipo stranissimo, dall'aria molto sensuale, che canta sui toni alti e si chiama Mick Jagger, un chitarrista che suona alla Chuck Berry e si chiama Keith Richards, e poi un bassista, Bill Wyman, e un batterista, Charlie Watts. Il nome del gruppo lo prendono dal verso di una canzone di Muddy Waters, «he's gonna be, he's gonna be a rollin' stone | sure 'nough, he's a rollin' stone | sure 'nough, he's a rollin' stone...» Rollin' stone. I Rolling Stones. All'inizio sono soltanto uno dei tanti gruppi che animano la scena musicale inglese. Poi ne restano due, loro e quattro ragazzi di Liverpool che si fanno chiamare

Beatles. Forse a quel punto il Diavolo ci avrebbe fatto un pensierino sui Beatles, piú raffinati e puliti, ma ambigui anche loro, poi però sarebbe rimasto con gli Stones. E anche questo, dal punto di vista di un rocker, è un complimento.

2 luglio 1969. Brian Jones è sul fondo della piscina, in costume da bagno, quasi seduto, le braccia spalancate come in croce e i capelli biondi che gli fluttuano attorno alla testa. Come c'è finito? *Death by misadventure*, dice il coroner. Stava facendo il bagno in piscina, di notte, quando si è sentito male ed è annegato. E perché si è sentito male? Perché era ubriaco, aveva mescolato vino e brandy. Ma in particolare perché era imbottito di ansiolitici. Era drogato.

Tra gli Stones, che pure hanno tutti un carattere eccentrico, Brian Jones è il piú strano. È uno dei piú creativi e carismatici membri della band, e durante i concerti contende il palco anche a Mick Jagger. Ma è strano, Brian, proprio strano. Sensibile, dolce, poi all'improvviso cambia, come se avesse una doppia personalità. Diventa arrogante e strafottente, litiga con gli amici, tratta malissimo le donne, sottoponendole a una continua violenza psicologica. E non solo quella. È perché manca di autostima, dice chi lo conosce, soffre di insicurezza al limite della paranoia. Per questo beve molto e si droga. Lo fanno anche gli altri membri della band, che finiscono spesso in tribunale e sulle pagine dei giornali, ma lui di piú. Litiga con tutti, perde la fidanzata e si fa buttare fuori dalla band. È il 9 giugno 1969. Brian Jones lascia i Rolling Stones e al suo posto arriva Mick Taylor.

Quando la mattina del 2 luglio i poliziotti della stazione di East Grinstead arrivano a Cotchford Farm assieme all'ambulanza, trovano Brian Jones steso sul prato accanto alla piscina, con una donna che gli sta praticando la respirazione bocca a bocca e un uomo impegnato in un massaggio cardiaco. Ma non c'è niente da fare. Brian è già morto.

Cos'è successo?

Quella sera Brian aveva di nuovo litigato con tutti. Dopo aver lasciato gli Stones si era ritirato a Cotchford Farm, dove sembrava che stesse per ricominciare tutto da capo. Nuove idee per un nuovo progetto musicale, un nuovo gruppo, una nuova fidanzata. E anche una nuova casa, perché alla villa c'è un gruppo di operai che la sta ristrutturando, sotto la guida di un uomo di quarantaquattro anni, Frank Thorogood, che si è sistemato in un appartamento sopra il garage. È con lui che Brian ha litigato, quella sera. Il pomeriggio c'era stato un incidente, in cucina era crollata una trave che per poco non era finita in testa ad Anna, la nuova fidanzata. Brian era scoppiato e con la solita violenza aveva rinfacciato a Frank tutto quello che non andava. Aveva chiesto di rivedere tutti i conti, aveva minacciato di licenziarlo, poi si era chiuso in camera con Anna, mentre gli operai avevano ripreso il lavoro. Anna era riuscita a calmarlo e a convincerlo a parlare di nuovo con Frank, che era rimasto molto turbato da quel litigio. Ok, parliamone. Verso le dieci di sera Brian aveva chiamato Frank per invitarlo a bere qualcosa, farsi una nuotata in piscina e poi, piú tranquilli e rilassati, chiarirsi. Frank accetta. Parliamone.

È una serata calda e umida, anche se inizia a farsi tardi. Nel soggiorno della villa ci sono Brian e Frank, c'è Anna e c'è anche Janet, un'amica di Frank. Hanno bevuto un po' tutti, Brian del brandy, e la discussione non è cosí tranquilla come doveva essere. Brian è aggressivo e strafottente, forse c'è bisogno di calmarsi ancora un po', meglio fare un tuffo in piscina per un bagno rilassante, sotto la luna. Janet rimane in casa e gli altri escono sul retro della villa. Janet si siede sul bordo della piscina, mentre Frank e Brian si tuffano. Brian scherza come un bambino. Schizza Frank, lo chiama vecchio, gli si attacca alle caviglie e lo tira sotto. Frank non la prende bene, afferra Brian, lo tiene sott'acqua e lo fa bere. Quando riemerge Brian tossisce e ride, come se si divertisse. È in quel momento che Janet, dalla villa, chiama Anna. La vogliono al telefono. Anna si alza e si allontana. È un amico che la vuole salutare, Anna ci parla per un po', poi sente gridare dal giardino, verso la piscina: è Frank che la chiama. È successo qualcosa. È successo qualcosa a Brian. Anna molla il telefono, corre alla piscina e vede Brian sul fondo, quasi seduto, le braccia spalancate come in croce, a fluttuare in una nuvola di capelli biondi.

Secondo Frank, Brian si è sentito male ed è andato sotto. Lui era uscito dall'acqua appena Anna se n'era andata. Voleva fumarsi una sigaretta, e quando si era girato aveva visto Brian sul fondo. Ed è cosí che Anna trova Frank, fermo sul bordo della piscina, mentre cerca di accendersi una sigaretta con le mani tremanti, incapace di fare nulla per lo choc.

Secondo Anna le cose sono andate diversamente. Frank ha ucciso Brian mentre lei non c'era. Era stata lei a tuffarsi nella piscina per tirare fuori Brian e dopo, mentre cercava di rianimarlo, Frank le aveva chiesto di non coinvolgerlo nella vicenda, di dire ai poliziotti che lui non c'entrava niente e mentre lo diceva era *cold as ice*, freddo come il ghiaccio. Lo scrive anche, Anna, in un libro che si chiama appunto *The Murder of Brian Jones*, l'omicidio di Brian Jones.

Ma c'è un'altra ipotesi, e anche su questa c'è un libro, *Blown Away. The Rolling Stones and the Death of the Sixties*, scritto da A. E. Hotchner. Ci sono due persone che dicono di essere passate da quelle parti proprio mentre avveniva «l'incidente». Uno si chiama Nicholas Fitzgerald, è un amico di Brian e anche lui ci scriverà un libro sopra, *Brian Jones. The Inside Story of the Original Rolling Stones*. Fitzgerald va a trovare Brian assieme a un amico attorno alle undici di sera. Vedono che le luci della piscina sono accese, cosí passano da dietro e quando sono ancora in mezzo al boschetto si accorgono che attorno alla piscina ci sono tre uomini vestiti da operai e altre due persone poco distanti, un uomo e una donna. Non si capisce cosa stiano facendo, cosí Fitzgerald e il suo amico se ne vanno. Hotchner dice di aver rintracciato uno degli operai, Marty, cosí si fa chiamare, che gli racconta cosa stavano facendo attorno alla piscina. Stavano tenendo sott'acqua la testa di Brian, che lottava disperatamente. Volevano dare una lezione a quella arrogante «ricca checca», ma hanno esagerato e sono scappati. C'è anche una confessione, dice Hotchner, che proprio Frank Thorogood avrebbe rilasciato in punto di morte e in cui avrebbe ammesso tutto, ma la confessione non è mai stata resa pubblica perché sulla vicenda sarebbe sceso il silenzio imposto dall'ufficio stampa degli Stones, e in particolare dal capo della loro sicurezza, un ex paracadutista di nome Tom Keylock, l'uomo che avrebbe presentato a Brian proprio Frank e i suoi operai.

Non sono le uniche ipotesi e non sono gli unici libri usciti negli Stati Uniti sulla morte dell'inquieto fondatore dei Rolling Stones. Per ora la versione ufficiale resta quella del coroner: *death by misadventure*.

CHARLES MANSON

Helter Skelter, cosí inizierà la nuova èra

C'è una scena in *Natural Born Killers* di Oliver Stone in cui Woody Harrelson chiede a Robert Downey jr come sia andato il suo show. Harrelson è un feroce assassino seriale, e Downey è il conduttore di una popolarissima trasmissione televisiva sui serial killer. Lo speciale su di lui ha polverizzato sia quello su John Wayne Gacy sia quello su Ted Bundy. «E Manson?» chiede Harrelson. Downey fa una smorfia. «Be'... Manson vi batte». «Sí, – dice Harrelson, rassegnato, – immagino sia difficile battere il re».

Ecco, il re. Eppure Charles Manson non ha mai ucciso nessuno, non direttamente, e quanto a vittime non può certo vantare le cifre a tre numeri di Andrej Čikatilo o Jeffrey Dahmer. Allora perché resta nell'immaginario di tutti come uno dei piú noti, feroci e incredibili personaggi della storia del crimine?

Sono due i motivi. Il primo è che per fortuna le vittime non sono soltanto cifre statistiche e un omicidio è sempre una cosa orribile che non si può pesare o misurare. Il secondo è che il caso di Charles Manson è l'esempio piú completo di come certi delitti possano diventare un tale insieme di suggestioni da uscire dalla cronaca nera e diventare costume, storia e addirittura cultura.

Il luogo, intanto. Beverly Hills, quella dei film, le ville di Bel Air. Ce n'è una molto bella e molto grande che si chiama Cielo Drive. È il 9 agosto del 1969, è notte e fa un caldo boia. È tutto tranquillo. A parte uno schiocco che potrebbe sembrare uno sparo, ma è solo uno, e a ripensarci non sembra piú neanche uno sparo. A parte un urlo: «Oh, mio Dio, no!» ma smette subito e chissà da dove viene. A parte un cane che comincia ad abbaiare furiosamente, ma è soltanto un cane. I vicini finiscono di fare quello che stanno facendo e se ne vanno a letto. Si spengono le luci. Attorno a Cielo Drive è tutto buio, pace e silenzio. Come in un film.

Il giorno dopo, alle otto del mattino, arriva l'uomo che si occupa della casa. Fa per aprire il cancello che chiude il parco della villa ma lo trova accostato. Niente di strano, quella notte la padrona di casa ha dato una festa, l'avrà dimenticato aperto uno degli ospiti. Entra da dietro, e lí c'è qualcosa di ancora piú strano, ancora piú da film. Ci sono i fili del telefono staccati, e l'apparecchio della cucina non dà segni di vita. L'uomo entra, vede schizzi rossi dappertutto, sempre piú grandi e sempre piú densi, intere pozze sul pavimento. Poi vede il primo morto. Corre fuori di casa, nel parco, dove c'è una macchina parcheggiata, e passandoci accanto si accorge che c'è un altro morto anche lí. Allora continua a correre, urlando, fino alla villa piú vicina. Come in un film, appunto.

I morti di Cielo Drive sono cinque, massacrati a bastonate, coltellate e colpi d'arma da fuoco. La vittima piú nota è la padrona di casa, Sharon Tate, giovane e bellissima attrice, moglie di un famoso regista che si chiama Roman Polanski, quello di *Rosemary's Baby*, uno dei registi piú inquietanti e *maledetti* di Hollywood. E questo è un altro elemento, la notorietà delle persone coinvolte. Oltre alla brutalità di quello che è successo. Quando è stata uccisa Sharon era incinta di otto mesi. Qualcuno le ha messo una corda al collo, l'ha legata al collo di un'altra vittima e poi le ha sferrato cinque pugnalate, piú altre dodici dopo che era già morta.

Non finisce qui. Il giorno dopo la polizia trova un'altra strage in una villa vicina, quella dei coniugi La Bianca, uccisi a coltellate, tante, ventisei su di lui e quarantuno su di lei. Ci sono scritte tracciate sui muri col sangue: «Porci», «Morte ai maiali», e «Helter Skelter», che è lo scivolo a spirale che si trova nei parchi giochi dei bambini e una canzone dei Beatles dal *White Album* dell'anno prima.

E c'è ancora un altro morto, un insegnante di musica trovato a casa sua, massacrato a coltellate sotto la scritta «Porco politico» tracciata col suo sangue sul muro.

All'inizio è mistero. I casi non vengono collegati subito, gli sceriffi della contea e i detective del dipartimento di polizia di Los Angeles brancolano nel buio, parlano di droga, di rapina, di satanismo. Polanski, Peter Sellers, Yul Brynner e Warren Beatty offrono una taglia di venticinquemila dollari, e intanto giornalisti e scrittori si sbizzarriscono scrivendo le proprie ipotesi. Ce n'è una di Truman Capote, l'autore di *A sangue freddo*, l'inventore del *true crime*, che si dice sicuro che l'assassino è un uomo solo, che conosceva la casa e ha agito per motivi passionali: in pratica, il custode. Sbagliato, completamente.

C'è un posto, sulle montagne vicino a Los Angeles, che si chiama Spahn Ranch. Era un set per i film western negli anni Venti, e ora è un villaggio fantasma polveroso e decadente. È lí che vive la Family, una comunità di hippie la cui guida spirituale è uno strano tipo dagli occhi spiritati che viene da Cincinnati, Ohio, è stato venduto una volta per una pinta di birra dalla madre sedicenne alcolizzata e ha passato gran parte dei suoi trentacinque anni in galera per truffa, furto d'auto, percosse e violenza carnale. Si chiama Charles Willis Manson.

«Un bisogno intenso di richiamare l'attenzione su se stesso», «emotivamente insicuro», «tende a farsi coinvolgere da vari interessi in modo fanatico», cosí scrive lo psichiatra del carcere nelle sue note. Gli interessi sono tanti, Scientology, il buddhismo, le discipline orientali, il potenziamento della mente e i Beatles. In carcere Charlie ha imparato a suonare la chitarra, glielo ha insegnato Alvin Karpis, unico sopravvissuto della banda di gangster di Ma Baker. Charlie è convinto che potrebbe essere il quinto membro dei Beatles.

A Spahn Ranch Charlie ha dei seguaci, ragazzi e ragazze giovanissimi, membri di una gang di motociclisti che si chiama Straight Satans e hippie dalla personalità instabile che lo vedono come un maestro di vita. Vivono tutti assieme laggiú, stravolti dall'Lsd ed eccitati dalle amfetamine, ad ascoltare le idee di Charlie sul mondo. Perché Charlie ha una teoria. I neri stanno per prendere il potere sterminando tutti i bianchi. Ma siccome sono inferiori non riusciranno a gestirlo, e il mondo diventerà un inferno. Sarà l'Apocalisse, Armageddon, il Giudizio finale. Sarà Helter Skelter, come dicono i Beatles, «helter skelter, helter skelter, sta arrivando giú velocissima». Helter Skelter distruggerà la società come è giusto. La nuova èra la cominceranno loro, dalle ville di Bel Air, uccideranno anche Frank Sinatra, Tom Jones, Steve McQueen e Richard Burton, incideranno «Helter Skelter» sulla faccia di Elizabeth Taylor. Si salveranno dall'olocausto razziale nascondendosi nel deserto della Death Valley, e torneranno fuori al momento giusto a ricostruire il mondo. Ci saranno cinque angeli. Uno sarà lui. Gli altri quattro saranno i Beatles.

A incastrare Manson e la sua Family è un procuratore distrettuale che si chiama Vincent Bugliosi. Ci mette mesi, ma riesce a collegare tutte le piste che portano alla comunità di Spahn Ranch, dalle impronte digitali alle testimonianze all'arma del delitto, che viene ritrovata in un magazzino della contea, fino alla prima confessione di una delle ragazze di

Charlie, che aveva già raccontato a due detenuti come lei avesse ucciso Sharon Tate e ne avesse assaggiato anche il sangue che le era rimasto sulle dita.

Il processo inizia nel giugno del 1970. Alla sbarra ci sono Charlie e tre delle sue ragazze, Susan, Leslie e Patricia. Charlie non fa molto per rendersi simpatico, urla al giudice che vorrebbe tagliargli la testa mentre le sue ragazze, in piedi, cantano una canzone in latino, poi confessano tutte e tre che hanno compiuto loro le stragi ma che lui non ne sapeva niente. Ronald Hughes, «l'avvocato degli hippie», legale di una delle ragazze, si oppone. Sparisce, e il suo corpo verrà trovato piú tardi, incastrato fra due massi, nel deserto. Anche se Charlie è in prigione, la Family esiste ancora.

Non basta. Nel gennaio del 1971 arriva il verdetto. Charlie e le sue ragazze vengono ritenuti colpevoli e condannati a morte, sentenza commutata poi in ergastolo. Altri componenti della Family verranno processati e condannati in altri processi per le stragi di Bel Air. – È meglio se chiudete bene la porta e state attenti ai vostri bambini, – dice Susan ai giurati mentre le viene letta la sentenza.

Charlie Manson è ancora dentro, a Corcoran, in California, in una sezione del carcere che viene chiamata «il buco». Si è tatuato una svastica sulla fronte e continua a scrivere canzoni, alcune delle quali sono state suonate anche dai Guns N' Roses. È il detenuto che riceve piú posta di tutti gli Stati Uniti. La sua storia, al di là delle scene da film, dei luoghi e dei personaggi da prima pagina, la storia di Charlie e della sua strana famiglia, che avviene mentre l'America combatte in Vietnam e il mondo scende sulla luna e un'intera generazione si muove, protesta, cresce e cambia, è anche la storia delle inquietudini piú profonde, della *metà oscura*, di una parte del mondo e del suo tempo.

SYMPATHY FOR THE DEVIL

Quando suona la musica del Diavolo

È difficile trovare uno strano delitto, morboso, feroce e sanguinario, commesso da una mente squilibrata e meglio se adolescente, che non venga ricondotto all'influenza del Diavolo o di qualche forma di satanismo. Ragazzini che entrano armati in una scuola e si mettono a sparare all'impazzata, serial killer antropofagi, abusi sessuali su minori o semplici casi di quell'oscuro movente che la stampa chiama *raptus*: in un modo o nell'altro, da qualche parte si sospetta lo zampino, anzi, la coda, del Diavolo.

Il libro di Frank Moorhouse *Delitti satanici* ne offre un campionario vastissimo, partendo dal giusto presupposto che in fondo uccidere in nome del Diavolo è secondo solo a uccidere in nome di Dio. E arrivando a una considerazione importante: di solito, anche a non crederci, anche a considerarlo soltanto una superstizione buona per sette fai da te e carismatici plagiari, il Diavolo e il satanismo non c'entrano un granché, e piú che essere cause scatenanti degli eventi criminali, servono da alibi per nascondere un disagio diverso e piú profondo.

Bene, questo per il crimine. Ma per la musica? Per l'arte in generale, ma per la musica in particolare, è cosí? Questa simpatia per il Diavolo da dove viene? E soprattutto, dove porta? Perché non c'è delitto efferato, negli Stati Uniti, dove di solito accadono certe cose, ma anche in Italia o nel resto del mondo, in cui la polizia, gli psichiatri o i giornalisti non abbiano trovato qualcosa, un Cd di Marilyn Manson per esempio.

Mettiamo che sia cosí. Che esista una musica del Diavolo che se la ascolti dopo un po' diventi un serial killer. Quale sarebbe? Una volta si diceva che era il blues la musica del Diavolo, poi è arrivato il rock and roll, poi il rock, poi l'heavy metal, il punk, l'hard core, ci sono gruppi che lo dicono chiaro e tondo di essere satanisti... Cosa canticchia il Diavolo, laggiú nell'Inferno, quando pensa all'Uomo? *Stairway to Heaven* dei Led Zeppelin? Cantata al contrario, naturalmente. Oppure *Welcome to Hell* dei Venom? O uno a scelta dei brani di *Antichrist Superstar* di Marilyn Manson?

No, se il Diavolo fischietta qualcosa al calore delle fiamme dell'Inferno è sicuramente una marcetta allegra e leggera, preceduta da un coretto che sembra imitare il fischio di un treno, e che si chiama, guarda un po', *Sympathy for the Devil*.

Please allow me to introduce myself, I'm a man of wealth and taste, per favore permettetemi di presentarmi, sono una persona facoltosa e di classe... La voce che canta è quella di Mick Jagger, ma le parole sono di Satana in persona, che racconta a un passante tutto quello che ha fatto fare all'uomo negli ultimi secoli, dalla Guerra dei cent'anni all'omicidio di Kennedy, passando per la Rivoluzione d'ottobre e la Seconda guerra mondiale. Ce ne sarebbero ancora, ma la canzone è del 1968, sta in *Beggars Banquet* dei Rolling Stones, anche se ci sono un sacco di cover, da Ozzy Osbourne ai Laibach, fino ai Guns N' Roses.

Ma come gli è venuto in mente, a Jagger e compagni, di scrivere una cosa del genere? Di trovare il Diavolo cosí simpatico?

Lo racconta anche Moorhouse nel suo libro. Succede che uno dei fondatori dei Rolling Stones, l'oscuro e carismatico Brian Jones, conosce a Londra uno degli intellettuali piú strani, eclettici ed eccentrici, il regista e scrittore Kenneth Anger. Anger è un precursore della videoclip, uno che già in quegli anni mescolava in modo organico immagini e musica rock, facendone piú che una colonna sonora. Ma Anger è anche un cultore di Aleister Crowley, considerato a torto o a ragione, ma piú a torto che a ragione, il fondatore del satanismo moderno.

Anger vuole girare un film che si chiama, guarda un po', *Lucifer Rising*, e i Rolling Stones entrano nel progetto. Per la parte di Satana Anger sceglie prima un bambino di cinque anni, che però muore prima del ciak, poi il chitarrista di un gruppo di San Francisco, che però scappa terrorizzato con le pellicole e va a seppellirle nel deserto, e alla fine ripiega su Mick Jagger. Poi Brian Jones muore, come molti rocker maledetti, all'improvviso e in circostanze misteriose. Mick Jagger e i Rolling Stones abbandonano il film di Anger, che si rivolgerà a un'altra band dai gusti vicini ai suoi, i Led Zeppelin.

Nel frattempo, però, è nato un album dal titolo satanico, *Their Satanic Majestic Request*, e una canzone che parla del Diavolo, anzi, lo fa parlare, *Sympathy for the Devil.*

È quella canzone che sta fischiettando Satana, giú all'Inferno, quando si verifica l'incidente al concerto di Altamont?

Un concerto, un grande concerto, uno di quegli eventi destinati a rimanere nella storia della musica rock come Band Aid o Woodstock, non è facile da organizzare. Ci vogliono i gruppi giusti, il giorno buono, il posto adatto e l'idea vincente. E poi una serie di dettagli altrettanto importanti, come l'impianto di amplificazione, le luci e la logistica. E il servizio d'ordine.

Se poi a organizzare un concerto sono i Rolling Stones e l'intenzione è quella di surclassare un evento come il Festival di Woodstock, che per tre giorni aveva riunito quattrocentomila giovani in un paesino nello Stato di New York, tutto diventa importantissimo. I gruppi ci sono e sono i piú noti degli anni Sessanta: Jefferson Airplane, Santana, Ike and Tina Turner, Crosby, Stills, Nash and Young, Grateful Dead, e naturalmente i Rolling Stones. C'è il giorno, il 6 dicembre 1969, e c'è anche il posto, Altamont Raceway Park, un autodromo nella California del Nord, fra le cittadine di Tracy e Livermore. C'è anche l'idea, un festival gratuito per tutti i giovani della West Coast che si riconoscono nella musica della controcultura hippie, e che finisce per riunire piú di trecentomila persone. C'è anche tutto il resto, e c'è pure il servizio d'ordine. Che però diventa un problema. Perché a farlo sono gli Hells Angels.

Nati nel 1948 a San Bernardino come un club di ex piloti di aviazione appassionati di motociclismo, negli anni Sessanta gli Hells Angels sono un gruppo di alcune centinaia di *bikers*, che corrono in moto per tutti gli Stati Uniti. Non godono di molta popolarità. La stampa e un rapporto del procuratore generale della California, Lynch, li descrivono come a metà fra una tribú, una setta e una gang. I quattrocentocinquanta membri del gruppo californiano hanno collezionato un record di ottocentosettantaquattro reati, e sarebbero di piú, sostiene Lynch, se gli Angels non avessero terrorizzato i testimoni impedendo loro di presentare le denunce. Hanno riti di iniziazione, un'ideologia e uno stile di vita brutalmente anarchico e violento. Scorrazzano per le strade sulle moto come un branco di pirati, strafatti e ubriachi, portano capelli lunghi, orecchini, elmetti nazisti, croci di ferro e svastiche, devastano i paesi in cui si fermano con rapine, risse, stupri, e tutti, sia le donne che gli uomini, dice il procuratore Lynch, sembrano aver bisogno di un bel bagno. In realtà gli Hells Angels sono anche molto altro: motociclisti innanzitutto, appassionati di Harley Davidson, poi anche «perdenti, emarginati, falliti e scontenti», come li definisce lo scrittore Hunter Thompson, che su di loro scrive un libro, *Hell's Angels*, dopo esserci stato in mezzo per quasi un anno. «Fuorilegge», almeno in senso filosofico, come dice Thompson, ma non tutti criminali. Quelli chiamati a fare la guardia del corpo degli Stones ad Altamont però lo sono.

L'idea era venuta al manager dei Grateful Dead, che erano tra i gruppi preferiti degli Angels. Li avevano già usati in altre occasioni senza incidenti, e a Londra anche gli Stones avevano avuto un servizio d'ordine di Hells Angels inglesi, tutti fan di Mick Jagger. Ma c'era anche un altro tipo di ragionamento. Siccome ne verranno parecchi, anche perché si trovano da quelle parti per un raduno, e siccome di sicuro faranno casino, prendiamoli come servizio d'ordine, cosí li teniamo d'occhio. Non sono gli unici a far parte della sicurezza, ci sono anche poliziotti fuori servizio e guardie giurate, ma ci sono anche una ventina di Hells Angels, e purtroppo bastano.

Prima dell'inizio del concerto gli Angels hanno già fatto fuori una quantità incredibile di birra e una serie di droghe di diversi tipi, e sono parecchio su di giri. Bersagliano il pubblico a colpi di lattine di birra, attaccano briga con tutti. Uno di loro stende con un pugno Marty Balin, il cantante dei Jefferson Airplane, e quando l'altro leader del gruppo, Paul Kantner, cerca di salire sul palco per raccontarlo, aggrediscono anche lui. Sam Cutler, il manager degli Stones, tenta di attirarli in una zona piú appartata promettendo di distribuirgli le birre in dotazione al gruppo. Poi arriva Meredith Hunter.

C'è un film che documenta tutto. Si chiama *Gimme Shelter* e viene messo assieme dai fratelli Maysles nel 1970, con le riprese del Festival di Altamont. Già dall'esibizione di Santana si capisce che le cose finiranno male. Gli stessi Grateful Dead avevano minacciato di andarsene. Cattive vibrazioni, avevano detto. Troppe risse sotto il palco, che è troppo basso e troppo vicino alla gente. Arrivano gli Stones che cominciano con *Jumpin' Jack Flash*, ed è proprio mentre Mick Jagger canta *Under My Thumb* che un ragazzo si spinge sotto il palcoscenico.

Il ragazzo si chiama Meredith Hunter, è nero e ha diciotto anni. Nel documentario sembra che abbia in mano una pistola. C'è chi lo nega e chi lo afferma decisamente, come Dick Carter, il padrone dell'autodromo di Altamont. Voleva uccidere Mick Jagger, ha anche sparato un colpo, lo si vede nel documentario. No, ha tirato fuori la pistola per difendersi, perché lo stavano attaccando. Non è vero, era disarmato, e infatti la pistola non è mai stata trovata. Qualunque cosa stesse accadendo, gli Hells Angels si gettano su Meredith, lo circondano e lo colpiscono con un coltello, diciotto coltellate, poi lo prendono a calci. C'è un indiziato per l'omicidio, un Hells Angel di ventun anni di nome Alan Passaro, che viene processato nel 1972 ma poi è scagionato per legittima difesa, perché il giudice crede alla versione che vuole Meredith armato di un revolver a canna lunga. Gli altri Angels vengono ricercati fino al 2005, quando il caso è considerato definitivamente chiuso.

Mick Jagger, sul palco, vede quello che sta succedendo, capisce la gravità della cosa, smette di cantare e dice a tutti di calmarsi, mentre viene chiamata un'ambulanza. Poi ricomincia a cantare, mentre sotto il palco continuano a infuriare le risse.

Perché alla fine non c'è niente che funzioni in quel festival. Il concerto è stato annunciato appena ventiquattr'ore prima, perché si doveva tenere al Golden Gate Park, a San Francisco, ma laggiú avevano paura che sarebbe venuta troppa gente e non avevano dato il permesso. Ad Altamont non ci sono servizi igienici e punti di soccorso, e il pubblico rimane parecchie ore in balia di se stesso prima che arrivino i gruppi e la musica, diffusa da un impianto insufficiente. Poi c'è il servizio d'ordine, che non riesce a contenere la violenza che si diffonde per tutto l'autodromo, e anzi, la fomenta.

Meredith muore nell'abitacolo di un camion del service su cui è stato portato dagli Hells Angels, poco prima che arrivi l'ambulanza. Non è l'unico a lasciarci la pelle quella sera al Festival di Altamont: ci sono altri due ragazzi che muoiono in un incidente d'auto e un altro che annega in un canale di scarico, e tutto questo contribuisce a creare la leggenda nera dei Rolling Stones. Stavano suonando *Sympathy for the Devil* quando Meredith è stato accoltellato, si dice, c'è una maledizione in tutto questo, ma non è vero, Jagger, lo abbiamo detto, cantava un'altra cosa.

Quattro morti. Ma ad Altamont, dicono in tanti, c'è anche una quinta vittima. È la generazione degli anni Sessanta, la controcultura hippie, quella di *pace, amore e musica* che aveva fatto Woodstock. Che trova nel brutto affare di Altamont gli stessi lugubri segnali di disagio che soltanto qualche mese prima Charlie «Satana» Manson e i membri della sua comune avevano offerto col massacro di Bel Air. «Helter Skelter», avevano scritto col sangue sulle pareti della villa in cui avevano ucciso sei persone; è il titolo di una canzone, come *Gimme Shelter*. Solo che non è dei Rolling Stones, ma dei Beatles.

Allora c'entra il Diavolo. Allora esiste un'influenza satanica sull'arte e sulla musica, una specie di maledizione, che se non trasforma sempre chi la ascolta in un pericoloso serial killer almeno gli porta una gran sfortuna.

Un momento, però. C'è un'altra spiegazione che sta alla base della nascita di *Sympathy for the Devil* e che prescinde dall'influenza sugli Stones di una qualche organizzata Chiesa di Satana. Ha a che fare con Marianne Faithfull, anche lei star della musica di quegli anni e anche lei chiacchierata dal punto di vista satanico, naturalmente, che sta con Mick Jagger e gli regala un libro. Il libro è *Il maestro e Margherita*, di Michail Bulgakov, uno dei classici della letteratura moderna scritto dai uno dei piú grandi autori russi contemporanei. Un capolavoro di surrealismo, realismo magico, simbolismo e poesia, un capolavoro della letteratura, insomma. Lí c'è un Satana ironico, elegante e di gran classe, identico al Diavolo della canzone degli Stones. Un Satana diverso, ma sicuramente figlio del protagonista del poema *Paradise Lost* che John Milton scrisse nel XVII secolo, un altro capolavoro della letteratura di tutti i tempi. Insomma uno dei tanti Diavoli che hanno ispirato l'arte e la letteratura come modello di trasgressione e rivolta, di rovesciamento di punti di vista, di mito, da cui trarre ispirazione artistica, fascinazione creativa, e non necessariamente fede.

Vale lo stesso per la musica? Se è il Diavolo il simbolo di trasgressione, alternativa e rivolta, allora cosa saranno il blues, il rock e tutto il resto se non la musica del Diavolo? Senza bisogno di ascoltarla per forza a rovescio, senza trovare in ogni verso un messaggio ipnotico, senza prenderla neppure troppo sul serio, come la svastica sulla maglietta di Sid Vicious, che non fa certo, portata in quegli anni e in quel contesto, di un punk un neonazista. Cosí come c'è una bella differenza tra le Bestie di Satana che ammazzano la gente e un gruppo heavy metal che suona portando al collo un crocifisso capovolto.

Poi, ogni tanto, qualche ragazzino che ordina un mitra su Internet mentre il suo iPod sta suonando Marilyn Manson c'è. Ma non è colpa di Marilyn Manson. Lui fa solo da colonna sonora a un disagio che già esiste, e che a volte proprio lí, nella musica, trova un salutare sfogo. In fondo, sul comodino di Erika, quella della strage di Novi Ligure, madre e fratellino uccisi a coltellate qualche anno fa, c'erano le novelle di Giovanni Verga, e sottolineate, anche.

Vogliamo dire che il verismo sia criminogeno? Vuoi vedere che anche *I Malavoglia*, a leggerli al contrario, rivelano messaggi satanici?

JIMMY PAGE

Le cattive vibrazioni erano ancora là

Sulle rive del lago di Loch Ness c'è una bella villa che sembra quasi un castello. Si chiama Boleskine House, ed è un fabbricato basso, molto inglese, che abbraccia un ampio giardino. A vederla non fa paura, e non sembra neanche cosí strana, neanche a venire dal boschetto che la chiude, dietro, separandola dalla riva del lago, che è proprio lui, il lago di Loch Ness, quello del famoso mostro. E se qualcuno lo avesse fatto negli anni Settanta, per esempio, se avesse risalito la collina e l'avesse vista cosí, senza sapere niente, avrebbe trovato quella villa ancora meno inquietante sentendo le note dolcissime di una canzone dalla melodia struggente, e anche le parole lo sono, parlano di una scala per raggiungere il paradiso, *a stairway to Heaven*. E se poi si fosse affacciato a uno dei finestroni ovali sul retro, avrebbe visto un giovane alto, dai lineamenti morbidi e i lunghi capelli arruffati, suonare con aria estatica quella canzone sulla chitarra. Niente di meno strano, nulla di meno inquietante. E probabilmente, sicuramente, è cosí.

Ma c'è chi è pronto a giurare che non è vero. Perché quella è Boleskine House, lui è Jimmy Page e quella che suona è *Stairway to Heaven*. E tutto questo, secondo qualcuno, fa parte di qualcosa di molto strano e molto inquietante. La leggenda nera dei Led Zeppelin.

Partiamo dalla villa. Prima di appartenere a Jimmy Page, che la comprò nel 1970 grazie ai successi ottenuti con uno dei gruppi piú leggendari della storia del rock, Boleskine House apparteneva a uno strano personaggio che abbiamo già incontrato in questo libro, un giovanotto dall'aria elegante e carismatica che aveva cambiato il suo nome di battesimo da Edward Alexander ad Aleister, Aleister Crowley. Crowley è un occultista, di piú, è sacerdote di sette esoteriche importanti come la Golden Dawn e l'Ordo Templi Orientis, di piú ancora, è il Gran maestro di Therion, il Principe delle Tenebre, la Bestia 666, e come tale viene considerato, a torto o a ragione, uno dei fondatori del satanismo moderno. È in quella casa che la congregazione di Crowley ha celebrato i riti di magia sessuale e i principî esoterici scritti nel Libro della legge, rivelato a Crowley direttamente dal demone Aiwass. Per chi ci crede, e probabilmente anche per chi non ci crede, quella villa in riva al lago dall'aspetto cosí normale e tranquillo comincia ad assumere toni affascinanti o inquietanti, a seconda dei punti di vista.

Jimmy Page ci crede. Quando comprò Boleskine House lo fece pensando che *the bad vibrations were already there*, le cattive vibrazioni erano ancora là. E lo fece apposta. Negli anni Settanta Page non era soltanto il chitarrista dei Led Zeppelin, l'uomo che assieme a Robert Plant aveva fondato la band che stava inventando l'hard rock, ma anche un convinto ed esperto appassionato di esoterismo e un seguace, anzi, un vero e proprio fan di Aleister Crowley, di cui aveva acquistato tutto, dagli abiti agli oggetti ai manoscritti originali. Talmente appassionato da riempire le copertine dei suoi album di simboli esoterici e crowleyani, piú o meno nascosti. Non era l'unico. Avevano cominciato i Beatles, mettendo proprio Crowley sulla copertina di *Sgt Pepper's*, in fondo al gruppo, tra il comico Lenny Bruce, l'attrice Mae West e il guru Sri Yukteswar, e continuando con la trama simbolica del *White Album*. Ma i Led Zeppelin avevano fatto di piú.

Page aveva fatto incidere il motto di Crowley, *Do what thou wilt, so mete it be*, fai quello che vuoi cosí potrai essere, sul vinile del loro terzo album, tra *Hats off to (Roy) Harper* e l'etichetta. E per la copertina interna del quarto aveva convinto gli altri a mettere un simbolo per ognuno dei componenti, una piuma per Robert Plant, cerchi quasi olimpici per John Bonham, una specie di trifoglio per John Paul Jones, e per lui uno strano disegno che sembra scrivere una parola sconosciuta, *zoso*. Page dice di averla inventata da solo, ma per qualcuno quello è un fregio satanico, una serie di simboli contenuti in un libro che insegna a fare patti col Diavolo.

Ma non basta ancora. Chi fosse arrivato alla villa dal lato sudest del lago avrebbe sentito quella canzone dolcissima, *Stairway to Heaven*, ma non è cosí che avrebbe dovuto ascoltarla. Per capirne veramente il significato, dice chi ci crede, avrebbe dovuto ascoltarla a rovescio.

Quello del *backward masking*, l'inserimento in un disco di frasi che se ascoltate a rovescio acquistano un senso compiuto, è uno strano fenomeno, fatto oggettivo per alcuni e leggenda metropolitana per altri, un po' come l'isola di Atlantide o i cerchi nel grano. Sta alla base della teoria per cui parte del rock sarebbe espressione occulta del satanismo, inserendo esortazioni alla rovescia come *my sweet Satan*, mio dolce Satana, in *One Vision* dei Queen, in *Hotel California* degli Eagles, e anche, si dice, per chi ci crede, in Prince, Mina e Zucchero. In *Stairway to Heaven* ci sarebbe una frase molto lunga, *here's my sweet Satan, the one whose little path won't make me sad, whose power is Satan, he will give the growth giving you six-six-six*, ecco il mio dolce Satana, la cui piccola vita non mi renderà mai triste e della quale il potere è Satana, egli darà il progresso dandoti il sei-sei-sei.

Non è vero, dice chi non ci crede, se si ascolta un insieme di suoni prima o poi ci si trova un senso. È vero, dice chi ci crede, la canzone è satanica ed è stata composta da Page e Plant durante un rito di scrittura automatica, come se fosse ispirata da un'entità.

Veri o falsi che siano, coincidenze, provocazioni o fatti oggettivi, tutti questi elementi concorrono a formare la leggenda nera di Jimmy Page e dei Led Zeppelin. Specie quando cominciano ad accadere delle cose.

Nel 1976 Keith Harwood, socio dei Led Zeppelin, muore in circostanze misteriose, e nello stesso anno muore anche la moglie dell'amministratore delle tournée. E Keith Relf, che aveva suonato nel primo gruppo di Page, muore fulminato da un cortocircuito provocato dalla sua chitarra. E poi c'è Karac, il figlio di cinque anni di Robert Plant che muore per una infezione virale mentre il gruppo è in tournée. E John Bonham, il batterista dei Led Zeppelin, detto *the Beast*, la bestia, terrore degli albergatori a cui regolarmente sfasciava tutte le stanze, muore nel 1980 per eccesso d'alcol proprio a casa di Page. Un momento, però. Stiamo parlando di rocker, di gente che fa una vita assurda, è sempre in viaggio e abusa di tutto quello di cui si può abusare. E stiamo anche parlando di tanti anni e di un numero consistente di persone, per cui è normale che qualcuno muoia o abbia un incidente senza che tutto questo abbia una relazione, tantomeno di tipo esoterico. Ma per qualcuno no, non è cosí, e anche i membri del gruppo, allora, lo pensarono. Non è che tutte queste manie esoteriche di Jimmy, questo mettere, per esempio, dodici bambini nudi che scalano una collina verso quella che sembra un'arca sulla copertina di *House of the Holy*, o quella signora che tiene la mano sulla testa di un bambino sul retro di *Presence*, insomma, non è che tutte queste cose finiscono per portarci sfortuna?

Non c'è una risposta. Jimmy Page dà volutamente risposte ambigue alle domande che gli vengono rivolte, come è suo diritto e come è quasi dovere di una rockstar. Salvo portare in tribunale e far condannare per diffamazione chi affermava che avesse celebrato un rito accanto al corpo agonizzante di Bonham, vestito di una tunica da sacerdote.

Qualcosa di certo però resta.

Che si tratti di convinzioni religiose, aberrazioni, provocazioni da rockstar, suggestioni noir e decadenti, coincidenze, giochi o leggende, qualunque cosa ci sia dentro a rovescio, ascoltata al dritto *Stairway to Heaven* è una gran bella canzone.

BOYD RICE

Era tutto un immenso scherzo cosmico

Ci sono delle persone che fanno sempre tutto il contrario degli altri. Il mondo va da una parte, ha un indirizzo, buono o cattivo che sia, e loro vanno da quell'altra, a un altro indirizzo, buono o cattivo che sia, non importa. E quando tutti dicono: «Noi siamo cosí», loro dicono: «E allora noi no».

Ecco, se nel mondo della musica, o anche dell'arte in generale, si dovesse eleggere un campione di quelli che stanno contro, la scelta non sarebbe difficile. A maggioranza, il campione dei bastian contrari, dei controcorrente, dei politicamente scorretti sarebbe un signore di mezza età, pelato e dalla faccia liscia che si chiama Boyd Rice.

A vederlo cosí, nella prima immagine che si incontra nella biografia sul suo sito Internet, sembra un ufficiale carrista delle SS, e questo potrebbe bastare a chi abbia in mente i disastri della guerra e i campi di concentramento a schiacciare subito il tasto di ritorno e a cancellarne l'indirizzo. Però Boyd Rice non è solo quello, o meglio, visto tutto quello che in effetti *è*, possiamo dire che non è quello.

Il problema è che, una volta stabilito cosa non è Boyd Rice, è ancora piú difficile dire cosa sia veramente. Non per nulla il suo progetto artistico e musicale agli inizi si nascondeva sotto il nome collettivo di NON. Con quello e con il suo nome firma dischi e performance come musicista, fotografie, film e videoclip, e un sacco di altre stranissime cose, come vedremo.

Allora, Boyd Rice è un artista, va bene, un ricercatore del suono che si muove nell'ambito della musica sperimentale, del genere industrial, postpunk, gothic underground, avanguardia elettronica, rumorismo... Ecco che le definizioni scattano a vuoto e non centrano piú il bersaglio. *Muzak*, la chiamerebbe lui, dandole quella sfumatura vagamente dispregiativa che la fa diventare una scelta elitaria. La sua voce che recita litanie o canticchia linee melodiche da ballata, e sotto musica commerciale che piano piano si sforma in tutt'altro. Oppure rumore, direttamente, come nel suo primo disco, il *Black Album*, composto nel '75 e uscito poi nell'81, quando il clima musicale era piú propizio a certi esperimenti.

Fin qui ci siamo. Poi, però, cominciano a saltar fuori le sue amicizie, alcune delle quali lo hanno seguito per un pezzo di strada, come compagni di giochi, o meglio, visto il genere di persone, compagni di merende.

Uno di questi è un tipo dallo sguardo spiritato – no, anzi, decisamente folle che ricorre spesso in queste storie. Si chiama Charlie Manson. Il signor Manson frequenta gli ambienti hippie e underground della Los Angeles dei primi anni Settanta, gli stessi che frequenta Boyd Rice, e anche lui è un musicista, o almeno, cerca di esserlo. Anche lui, Charlie Manson, si interessa di altre cose oltre alla musica, ma mentre Boyd lo fa per finta, Manson lo fa per davvero. Cose strane, come essere a capo di una setta che compie massacri nelle ville della zona. Ecco, quando i membri della Family di Manson vengono arrestati e anche lui si trova dentro come mandante degli omicidi, c'è una sola persona che si sente di mettere la mano sul fuoco per l'innocenza di «Satana» Manson: Boyd Rice. Tutto il mondo lo vorrebbe morto ma lui giura che il suo amico Charlie non c'entra niente, e anzi, fa pubblicare i suoi scritti di autodifesa.

Manson non è il solo amico strano di Boyd Rice. C'è anche un altro signore dallo sguardo meno spiritato ma altrettanto folle – anche se piú magnetico – che si chiama, altra conoscenza, Anton Szandor LaVey. LaVey incontra Boyd Rice, ne rimane molto impressionato e lo nomina sacerdote della sua Chiesa, poi anche maestro del Consiglio dei nove, che equivale supergiú a cardinale. Boyd Rice sembra molto convinto dal suo ruolo di sacerdote satanico, lo si vede anche nei video celebrare la messa nera sul corpo nudo di una ragazza, ma come sempre accade con la Chiesa di LaVey, le luci sono troppo curate e troppo giuste perché il rito abbia qualcosa di sinistro, e piú che una cerimonia sembra una videoclip. E poi, naturalmente, c'è anche tutto il contrario. Boyd Rice che partecipa alle trasmissioni radio della Church of God, la Chiesa di Dio dei fondamentalisti cristiani, e quando lo intervistano dice che non crede né al Diavolo né all'Inferno.

Poi c'è il darwinismo sociale, una dottrina molto piú complessa che Boyd riassume in una frase semplicissima: il forte domina il debole e il furbo domina il forte. Tutto qui. Mette su anche un'organizzazione, la Abraxas Foundation, per sostenere i principî base del suo darwinismo: autoritarismo, totalitarismo, misoginia, elitarismo. È seguendo tutto questo che arriva a somigliare alla fotografia che apre il suo sito, una specie di *Panzergrenadier* delle SS, e lo si trova anche a collaborare con gruppi sospettati a torto o a ragione di essere vicini a ideologie naziste e fasciste, come i Death in June. Però, quando si legge il suo pensiero sull'argomento, si vedono le sue interviste o si assiste alle sue apparizioni ai programmi ultrarazzisti di certe Tv americane, ci si trova di fronte a banalità talmente estreme da far pensare ancora piú alla parodia di un cliché che a una vera adesione. Fossero tutti cosí, i razzisti del mondo, fossero tutti cosí, i nazisti, sarebbero una minoranza di eccentrici talmente assurdi da fare piú ridere che spaventare.

Certo, molte di quelle idee sono già di per sé delle estreme banalità, e sono molto assurde anche quando vengono espresse seriamente, ma lui è Boyd Rice, lui è tutto e il contrario di tutto, e il sospetto che sia una provocazione c'è sempre.

Altrimenti come potrebbero convivere un'estetica dark al limite del gotico, una vera e propria fissazione per l'esoterismo medioevale, la ricerca del Graal e i Templari con l'essere ritenuto il piú grande collezionista di bambole Barbie del mondo? O con l'aver disegnato e realizzato il Tiki Boyd's di Denver, nel Colorado? Il Tiki Boyd's è un Tiki bar, un locale alla moda che si basa su un'estetica esotica, tipo bar sulla spiaggia della Polinesia, e cocktail di rum e frutta. Che c'entra Boyd Rice, maestro della Chiesa satanica, amico di Charlie Manson, darwinista neonazista, l'uomo che a momenti si fa arrestare perché voleva inviare a Betty Ford, la moglie del presidente Gerry Ford, la testa di una pecora su un piatto d'argento, con un *mai tai* servito dentro un bicchiere di foglie di banana da una bella ragazza col gonnellino da hawaiana?

C'entra, e proprio perché lui è Boyd Rice.

Quello che parte dal *Black Album* – inventandosi nuovi suoni fino ad allora mai sentiti nei dischi, registrati e distorti, dagli acuti di una soprano allo scoppiettare di una macchina per i popcorn – e arriva fino a *Ragnarok Rune*, che può essere ascoltato indifferentemente a qualunque velocità, e poi oltre, *Alarm Agents*, inciso con i Death in June a partire dalla notte di Halloween. E che allo stesso tempo registra ballate orecchiabili e dischi di puro *easy listening*.

C'è una parola, in inglese, che ricorre spesso nell'opera di Boyd, ed è anche il titolo di una rivista underground che realizza con lui una delle interviste piú complete. Una parola dal suono irriverente e quasi disturbante, come una pernacchia.

Prank.

E cosa significa, *prank*, nel linguaggio comune?

Significa scherzo.

THROBBING GRISTLE
Chi sono quegli psicopatici sul palco?

Se a qualcuno fosse capitato, a cavallo tra gli anni Sessanta e Settanta, di bazzicare le gallerie d'arte, i club hippie o anche gli scantinati piú sordidi di Londra, avrebbe assistito a qualcosa di strano, tra i fumi delle sigarette, dei fumogeni e di tutto il resto.

Intanto lo avrebbe sentito con le proprie orecchie: un suono metallico, pesante, graffiante e distorto, che si ripete sempre uguale anche se i musicisti non suonano quello, perché è registrato. A parte il contenuto di quel suono – martellate, urla, ronzii, rumori piú industriali che musicali – se ne sarebbe stupito perché l'uso di campionare e mettere in loop la musica non era per niente comune, di solito i musicisti stavano sul palco e la facevano loro la musica, dal vivo.

Poi avrebbe visto loro. Mica musicisti, neanche uomini. Zombie, vampiri, stranissime larve umane dai nomi grotteschi, come Genesis P-Orridge, che detto tutto assieme suona *porridge*, la zuppa di semolino che mangiano i bambini inglesi, o Cosey Fanni Tutti, e anche questo detto in fila suona *cosí fan tutte*, il titolo di un'opera di Mozart storpiato all'inglese. Li avrebbe visti aggirarsi sul palco come in trance, impegnati ad azionare campionatori, aggrappati agli strumenti come se volessero possederli, o semplicemente a passeggiare su e giú, come Genesis P-Orridge, a declamare frasi isolate – mica strofe di canzoni, versi di poesie – difficili da capire in quella cacofonia distorta.

Ma in particolare avrebbe visto quello che gli veniva proiettato dietro, su un telone appeso sul palco i primi tempi e su un grande schermo televisivo poi, a metà degli anni Settanta. E già lí se ne sarebbe andato, a meno che non fosse stato di stomaco abbastanza forte da sopportare le immagini pornografiche – e fin qui va bene – ma soprattutto quelle dei campi di concentramento, dei morti e delle autopsie.

Ecco, a questo punto, adattatosi al suono strano e disturbante, a quegli stani mostri sul palco, alle immagini agghiaccianti dietro e sopra i musicisti, avrebbe visto anche quello che stava facendo P-Orridge nella penombra fumosa del locale. Declama frasi come *don't do as you're told, do as you think*, non fare quello che ti dicono, fai quello che pensi, va bene, ma poi beve strani liquidi, gialli come l'orina e rossi come il sangue, si taglia con una lametta, si infila spilloni nella pelle, si stende sui chiodi, si fa frustare da Cosey. E tutto questo, per allora, siamo nei primi anni Settanta, ancora molto prima del punk, non è cosa da tutti i giorni.

Avesse chiesto chi sono quegli psicopatici sul palco, schifato, intimorito, incuriosito o affascinato, gli avrebbero risposto che erano i Coum Transmissions. Ma solo fino al 1975, quando devono sciogliersi dopo una performance all'Istituto d'arte di Londra, che si chiama *Prostitution* e scatena un macello, con denunce e un'interrogazione parlamentare che si chiede perché i soldi e i luoghi pubblici siano impiegati per oscenità – cosí dicono i detrattori – come quelle. C'è un parlamentare scozzese che si chiama Nicholas Fairbairn, un conservatore naturalmente, che dice che i Coum sono *wreckers of civilisation*, distruttori di civiltà, addirittura. Dopo il 1975, però, la risposta alla domanda sarebbe stata che quelli sono i Throbbing Gristle. Throbbing Gristle? Ma nello slang londinese *throbbing gristle* significa erezione fulminante. Ecco, appunto.

I Throbbing Gristle restano uno dei gruppi piú strani, assurdi, innovativi e dissacranti che siano mai saliti su un palco. Dopo di cose del genere ce ne saranno tante, e anche di piú estreme, ma loro sono tra i primi a farle e sperimentarle. Hanno una filosofia, i Tg, anzi di piú, un'ideologia, una religione. Dicono che la gente, assuefatta al condizionamento del potere – e della televisione – non vede le cose per come realmente sono, non percepisce piú la realtà. Allora ci vuole uno choc culturale che scuota la gente, la strappi al suo torpore, e faccia vedere finalmente quello che c'è davvero dietro l'apparenza quotidiana. E questo choc è fatto di suoni, di concetti e di immagini. Da performance estreme. Prende tanti nomi questo modo di fare musica: avanguardia, musica industriale, performance dadaista, prepunk, per molti anche musica del Diavolo, ma i nomi non contano perché loro sono soltanto i Throbbing Gristle.

Uno è un fotografo che si chiama Peter Martin Christopherson, ma lo chiamano Sleazy. È un musicista, Sleazy, ma fa fotografie e dirige video, e sono sue le immagini che si vedono dietro il gruppo: scene di omicidi tratte dagli archivi criminali, scene di guerra e immagini di brutte malattie tratte dai manuali di medicina.

Un altro si chiama Chris Carter e suona il sintetizzatore. Chris è un ingegnere del suono che ha firmato le colonne sonore di molti documentari della Bbc e della Abc, ed è uno sperimentatore che tiene lezioni «sonore» nelle università inglesi. Sono suoi i suoni campionati e distorti tratti dal mondo industriale che fanno da tappeto sonoro alle performance dei Throbbing Gristle.

Poi c'è Cosey Fanni Tutti. Cosey è una ragazza magra dal volto affilato e gli occhi spiritati. Nei Throbbing Gristle suona la tromba e la chitarra, ma di mestiere fa la spogliarellista e l'attrice di film porno, e porta nelle performance dei Tg tutta la sua esperienza anche in quel campo.

Nel gruppo passa anche altra gente, prima, con i Coum, e alcuni di loro non sono proprio musicisti ma criminali iscritti nel casellario giudiziario inglese. La colonna del gruppo, però, dei Coum come dei Throbbing Gristle, resta lui: Genesis P-Orridge. Nei Tg, l'uomo col nome di un piatto di semolino suona il violino e il basso, ma soprattutto canta. Graffia il tappeto sonoro con la sua voce acuta che racconta di orrore, pornografia, crimine, sesso, serial killer e occultismo, lo choc culturale che serve a far vedere com'è veramente la realtà. Prima, in una vita precedente che sembra molto lontana, si chiamava Neil Andrew Megson. È una vita che dura pochissimo, perché il piccolo Neil, un bambino dal volto simpatico e sorridente ma dagli occhi strani, rotondi, spalancati e vivissimi, è figlio di artisti, musicisti jazz e attori di teatro, e l'arte praticamente è di famiglia. È quello che studia al college di Hull, nello Yorkshire, dove incontra molti dei membri dei Coum che resteranno anche nei Tg.

Ma non è soltanto l'arte a trasformare il giovane Neil, strano studente sensibile e inquieto, in Genesis P-Orridge. A incidere sulla sua educazione sentimentale e artistica è la nonna, che fa un mestiere molto particolare. È una medium, e vive in una villa ai margini di una foresta. Cosí, tra le suggestioni che lo influenzano fin dall'inizio ed entrano direttamente nella sua musica e nelle sue performance, c'è l'occultismo e ci sono le idee di un signore che ha attraversato parecchia della musica e dell'arte di quegli anni a cavallo tra i Settanta e gli Ottanta. Si chiama Aleister Crowley. Proprio lui. Astrologo, occultista, *mago*, come si diceva allora, teorizzatore dei riti di *magia sexualis*, la magia sessuale praticata a Thélema, una specie di villa santuario aperta a Cefalú, in Sicilia, negli anni Venti.

Al liceo le performance di P-Orridge – che spaziano da Adolf Hitler ai «serial killer della brughiera», Myra Hindley e Ian Brady, che uccidono cinque bambini alla metà degli anni Sessanta – fanno molta impressione. Genesis si dà da fare, frequenta comuni artistiche, dà scandalo, si avvicina alle suggestioni letterarie di William S. Burroughs, l'autore di *Il pasto nudo*, da cui impara e porta in musica la tecnica del *cut up*: prendere pezzi della narrazione e spostarli, invertire capitoli e brani. Poi conosce Cosey e nascono i Coum e i Tg.

I Throbbing Gristle si esibiscono per l'ultima volta dal vivo nel 1981, al Kezar Pavilion di San Francisco, in California. Si sciolgono subito dopo per i motivi per cui si sciolgono i gruppi formati da forti personalità con idee molto chiare e decise, che a un certo punto entrano in collisione ed esplodono. Genesis P-Orridge e Cosey Fanni Tutti litigano e la famiglia dei Throbbing Gristle si spacca.

La storia, però, non finisce qui. Genesis ha un'illuminazione, mentre fa performance nei club e nei teatri di Londra: la gente guarda troppo la televisione. Ne è assuefatta e completamente plasmata. P-Orridge pensa che la Tv, insomma, sta lavando il cervello al mondo. Però c'è qualcosa che si può fare, e proprio con la Tv. Perché se è un veleno cosí forte, la televisione, allora è altrettanto forte come antidoto, e se alla gente si fanno vedere le cose per quello che sono, ecco che parte una specie di controlavaggio del cervello.

La Tv, quindi, la Tv psichica.

Ma questa è un'altra storia.

PSYCHIC TV

L'eccellenza del numero 23

C'è un programma che va in onda su Channel 4, uno dei canali della televisione inglese. Si chiama *Dispatches*, ed è un programma di inchiesta che mostra servizi su costume, politica e cronaca. È molto seguito anche adesso, e molto discusso, perché i servizi che propone sono forti e piuttosto decisi. Va bene, *Dispatches*, Channel 4, però questa è televisione. Cosa c'entra la musica e in particolare la sua parte oscura?

C'entra.

A *Dispatches* un giorno del 1992 mandano in onda un video. È un filmato agghiacciante, molto inquietante e molto crudo. Si vedono frammenti di cose tremende, azioni violente, sangue, sesso, ci sono anche dei minori e tutto in un contesto che sembra molto sinistro, anzi, proprio diabolico. Ecco, dicono i conduttori della trasmissione, questo è un *satanic child abuse*, un rito satanico in cui si abusa di bambini. Cosí Scotland Yard va a casa del proprietario del video, la perquisisce e ne trova tanti altri di filmati del genere.

Ma non lo arresta.

Perché non si tratta di rituali satanici – o almeno, non nel vero senso della parola. Per cui anche Channel 4 e *Dispatches* sono costretti a scusarsi.

Perché quella che perquisiscono è la casa di un certo Genesis P-Orridge, e il filmato è una delle *Transmissions*, una delle trasmissioni di un gruppo musicale che si chiama Psychic Tv.

Dal punto di vista musicale, Genesis P-Orridge porta avanti con gli Psychic Tv tutte le ricerche e le sperimentazioni iniziate con i Throbbing Gristle. Musica elettronica, suggestioni industriali, rumorismo, performance, e intanto anche punk, psichedelia, suggestioni acide e quella che ancora non si chiamava techno e musica house. Chi ha ascoltato un concerto degli Psychic Tv dal vivo non se lo dimentica piú, intanto perché di sicuro non ha udito piú niente per i successivi sei giorni, a parte un fischio costante nelle orecchie. Volumi altissimi e silenzi intensi, linee melodiche che affiorano dalle distorsioni, e dentro tutto questo il gracchiare profondo della voce di G. P-O.

Gli Psychic Tv entrano nel Guinness dei primati fin dai primi anni della loro esistenza. Hanno un progetto, infatti, che è quello di pubblicare ventitre album in un anno. Non sono veri album di studio, di quelli che ci si mettono mesi a registrarli. Sono album dal vivo, in pratica bootleg di se stessi, ma sono comunque tanti. Non ci arrivano, si fermano a diciassette, ma sono abbastanza per entrare nel Guinness. Ma perché proprio ventitre?

C'è un motivo. Genesis P-Orridge non ha mai fatto niente per caso, neanche quando si chiamava Neil Andrew Megson e faceva le sue prime esperienze artistiche e musicali.

Il 23 è un numero molto importante nel mondo della magia. E gli Psychic Tv, ma soprattutto Genesis P-O., hanno parecchi contatti con quel mondo.

Oltre ad Aleister Crowley, tra i maestri di Genesis P-Orridge c'è un signore che si chiama Austin Osman Spare, inglese anche lui. Spare è un artista, piú che altro un pittore, e come disegnatore illustra i libri di Crowley. Ma è anche lui un mistico e un occultista, teorizzatore della scrittura automatica, parole che la mano scrive da sola attraverso una specie di trance. Inventore, anzi, scopritore di un alfabeto segreto con cui dare voce al caos del mondo. Ridicole o serie che siano, a seconda dei punti di vista, le idee dell'occultismo entrano nella ricerca artistica di G. P-O. e dànno vita a un'esperienza parallela, The Temple of Psychic Youth – abbreviato in Topy – il Tempio della gioventú psichica, che unisce vari musicisti di gruppi simili, come i Coil e i Current 93. Una specie di struttura filosofica, addirittura religiosa, che prevede veri e propri rituali, molti dei quali basati sul numero 23.

Per esempio, sigillare una lettera con liquidi corporali il 23 di ogni mese alle ore 23 e spedirla in un posto preciso in cui far confluire in questo modo tutte le energie dei vari membri del Tempio – gerarchicamente strutturati dal numero 1 al numero 23 – in un tipico rito di magia sessuale.

Va bene, la musica, la magia... e la televisione?

C'entra.

Gli Psychic Tv sono un gruppo d'avanguardia. Gli anni in cui si muovono sono i primi anni Ottanta e l'aspetto multimediale non può essere certo trascurato. La televisione psichica, i filmati trasmessi durante i concerti e nei loro video, diventano parte integrante della musica stessa.

La First Transmission, la Prima trasmissione della televisione psichica è del 1981. Sono sei ore di filmati incredibilmente disturbanti che riguardano immagini da palati forti, anzi, fortissimi. Ci sono interviste, performance artistiche, rituali del Tempio, ma anche scene di violenza sadica e di tortura, di riti satanici, di sesso, di guerra, la reale natura del mondo, insomma, nascosta secondo P-Orridge dalla televisione convenzionale.

È tutto finto? È tutto materiale di repertorio? Se lo chiede l'Fbi, che esamina la First Transmission sulla base di una ipotesi inquietante. Che uno dei filmati proposti sia il primo *snuff movie* della storia, cioè la ripresa di una vera e propria tortura – compiuta in questo caso su un ragazzino minorenne da due uomini in un motel – che si conclude con il reale omicidio della vittima, ripreso dalla telecamera. Una leggenda metropolitana, all'inizio, finché qualcuno non si è messo a farli sul serio.

Alla fine l'Fbi scopre che non è vero, quello non è uno *snuff*, come quello trasmesso da *Dispatches* non è un vero rituale satanico.

È solo Genesis P-Orridge, un geniale provocatore completamente privo di scrupoli e di limiti.

Gli Psychic Tv continuano la loro esperienza nel campo dell'arte e della musica, passando dalle suggestioni punk degli inizi a quelle techno degli anni Novanta e poi a quelle industriali del Duemila. Influenzano altri gruppi e altri musicisti, ne ricevono contributi e cameo, fanno da modelli ad altre formazioni, sia nel campo musicale che in quello magico-filosofico.

Succedono tante cose attorno a Genesis P-Orridge e agli Psichic Tv, e non sempre sono cose che hanno a che fare con la musica.

E spesso non sono neanche cose da musicisti.

Ma anche questa è un'altra storia.

MONTE CAZAZZA

La verità è una falsa sedia elettrica

Nel video lui indossa una maschera che sembra fatta di cera. Quando apre gli occhi dentro la cavità lucida delle orbite in effetti fa paura, e fa paura anche la ragazza in primo piano, sfocata, dai colori eccessivamente virati sul giallo, inquadrata a mano, come se quello fosse un filmato amatoriale, di quelli fatti in famiglia. Ma non lo è, è un esempio di videoarte, o meglio, qualcosa di piú, una performance. Fino dai primi fotogrammi ti aspetti che succeda qualcosa di tremendo, c'è una vibrazione come colonna sonora, che piú che una musica sembra un'interferenza. E infatti ne accadono tante di cose tremende, in ogni caso parecchio – ma proprio parecchio – disturbanti, perché appunto non è il video girato dallo zio per un compleanno, ma una delle performance di Monte Cazazza.

Monte Cazazza non è un luogo. E non è neppure un gruppo musicale, anche se fa musica e incide dischi. Potremmo essere tentati di dire che non è neanche una persona, nonostante tecnicamente sia cosí. Diciamo allora che Monte Cazazza è un artista, ma di un tipo particolare.

È l'artista piú strano del mondo.

Ma forse è un'esagerazione. Bene, allora diciamo che se Monte Cazazza non è l'artista piú strano del mondo, sta almeno nei primi dieci.

Non saranno in molti a conoscerlo, oltre agli appassionati di punk, musica industriale e performance estreme. Se qualcuno avesse avuto la ventura di trovarselo alla porta, magari in un appartamento occupato di San Francisco alla fine degli anni Settanta dove si sta tenendo una festa underground, si sarebbe trovato sulla soglia un tipo magrissimo, dal volto liscio, con i capelli corti sparati sulla testa e un gatto morto in braccio. Perché è cosí che andava in giro Monte Cazazza, con questo gatto che gli era morto e che avrebbe voluto conservare sotto formaldeide per tenerlo sempre con sé.

Certo, non era l'unico tipo strano a circolare per gli ambienti alternativi di San Francisco in quegli anni, e non solo negli Stati Uniti. A Londra, per esempio, c'era un tipo grassottello con gli occhi rotondi che si faceva chiamare Genesis P-Orridge, parecchio strano anche lui, che finirà per incrociare Cazazza e suonarci assieme negli Psychic Tv.

Se vogliamo, in quegli anni, di tipi strani non ne giravano soltanto nell'ambiente della musica. Ce n'è un altro che in qualche modo legherà la sua storia a quella di Monte Cazazza, anche se non suona, non canta e a stare in un complesso non ci ha probabilmente mai pensato. Si chiama Gary Gilmore, di mestiere rapina banche e tecnicamente è un serial killer.

Monte Cazazza, invece, suona. Fa uno strano tipo di musica che nasce in quegli anni e che mette insieme sperimentazioni elettroniche e suggestioni rumoriste della società in evoluzione. La chiamano *industrial music*, musica industriale, e dicono che sia stato lui a darle quel nome, perché quando gli chiedono che genere di musica fa, e magari si aspettano che dica rock, heavy metal e magari anche blues o country, lui risponde: *Industrial music for industrial people*, musica industriale per gente industriale.

C'è una casa discografica che si chiama appunto Industrial Records e che raggruppa artisti come lui e come i Throbbing

Gristle, che sono inglesi, ma anche come i Cabaret Voltaire, come gli Spk, che vengono dall'Australia, Z'Ev, che è un percussionista molto originale, e NON, che anche lui non è un gruppo ma un singolo, stranissimo musicista seguace della chiesa satanica di San Francisco che si chiama Body Black Rice.

Ad accomunare i gruppi della *industrial music* non è, banalmente, una certa esasperata eccentricità. E neanche lo sperimentalismo. È l'atteggiamento stesso che hanno nei confronti dell'arte e della musica che poi finisce per investirne completamente la sfera esistenziale. Surrealismo, dadaismo, futurismo. Ecco, se fosse nato in Italia parecchi anni prima Monte Cazazza sarebbe stato un futurista.

Che sia inquieto e che gli piaccia sperimentare si vede dai gruppi che cambia. Ci sono artisti che fondano un gruppo, suonano tutta la vita assieme, come gli U2 e i Rolling Stones, e alla fine magari muoiono con quello, e ci sono freelance della musica che cambiano sempre. Monte Cazazza è uno di questi. Suona da solo e con altri performer, come Tana Emmolo-Smith, la ragazza del video in primo piano, sfocata e virata al giallo, che fa cose parecchio strane con le sue parti intime. Oppure sta con gli Psychic Tv, con i Chaos of the Night, con gli Atom Smashers, i Love Force, gli Esperik Glare e i Factrix, che uniscono le sperimentazioni industriali alle suggestioni oscure del gothic rock. E quando pubblica una compilation delle sue cose la chiama *The Worst of Monte Cazazza*.

The worst, il peggio, non *the best*, il meglio.

Poi, però, ci sono le performance, e quelle sono sempre molto, molto particolari. Alcune restano nel tempo anche dopo la loro esecuzione. Nel tempo e nello spazio, e probabilmente in modo involontario, come quando ancora da studente alla scuola d'arte di Oakland costruisce una cascata di cemento che provoca seri danni alla struttura dell'edificio, inclina la scalinata principale e la rende inagibile per sempre.

Ma questo è ancora un esperimento da studente. Dopo vengono le performance sul palco, alla ricerca dell'estetica piú estrema, violenta e politicamente scorretta, come si direbbe adesso, ma sarebbe solo un eufemismo. Come portare sul palco una gigantesca statua di Gesú Cristo, staccarla dal crocifisso con una sega elettrica e sottoporla a una violenza di gruppo, tanto per dirne una.

Mettere a nudo le contraddizioni della società portando allo scoperto la normalità criminale che ci sta sotto. Cosí facevano gli Psychic Tv con i concerti e i video, cosí fa Monte Cazazza e cosí fa anche Gary Gilmore da Portland, Oregon. Solo che lui lo fa istintivamente, senza pensarci sopra, semplicemente vivendo.

Gary comincia a rubare le macchine a quattordici anni, poi passa alle rapine a mano armata. Dentro e fuori dalla galera finché non comincia ad ammazzare quando ruba. Spara al titolare di un distributore, poi il giorno dopo alla padrona di un motel, poi il giorno dopo ancora al padrone di un garage. Questo però non lo ammazza, cosí lo prendono e lo mandano sulla sedia elettrica. È una vicenda che colpisce molti, fa scrivere un libro inchiesta a Norman Mailer ed entra in molte canzoni, come *Bring on the Night* dei Police.

Monte Cazazza si affeziona al suo caso, ne parla con Genesis P-Orridge, ci compone attorno performance e canzoni e il giorno dell'esecuzione di Gary Gilmore, il 17 gennaio del 1977, si fa fotografare sulla sedia elettrica. In realtà Gilmore non muore cosí: viene fucilato secondo le leggi sulla pena di morte in vigore nello Stato dello Utah, dove è rinchiuso in prigione. Ma non importa, l'identificazione di Gary Gilmore con Monte Cazazza è cosí profonda, che un giornale di Hong Kong pubblica la foto di Monte sulla sedia elettrica credendo che sia quella della morte di Gilmore. E questo, probabilmente, è il massimo che possa accadere a un artista futurista e dadaista come Monte Cazazza, le cui performance vanno oltre la musica e oltre lo spettacolo.

Creare la realtà. Svelarne la menzogne facendo in modo che una cosa *falsa* diventi *vera*.

Cosa volere di piú?

POLTERGEIST

Di che cosa è fatta una leggenda nera

Ve lo ricordate *Poltergeist. Demoniache presenze*? È un film del 1982, e se non l'avete visto andate a prenderlo, perché è un bel film horror, uno di quelli che i cultori del genere dovrebbero vedere, anche perché fra l'altro, come coregista mai citato nei crediti, c'è Steven Spielberg. Ma se poi siete anche di quelli che credono alle leggende nere sui film maledetti, allora non è che dovreste vederlo e basta: *Poltergeist* è il vostro film.

C'è una scena, all'inizio, con una bambina. I bambini fanno sempre paura nei film horror, ma questa è una bella bambina bionda dagli occhi azzurri che se ne sta sempre davanti al televisore. La sua famiglia, i Freeling, ha appena comprato una bella casetta che naturalmente non è quello che sembra, e lei, la piccola Carol Anne, se ne è accorta subito. Prima di sparire risucchiata dal televisore grida alla famiglia: «Sono qui!» riferendosi appunto alle demoniache presenze. Va bene, fa paura, ma è pur sempre un film, e di maledetto dovrebbe avere soltanto la tensione che mette nello spettatore. E invece proprio quella bambina, che nella realtà si chiama Heather Michele O'Rourke, dopo aver gridato: «Sono tornati!» nel secondo film della serie, e quando erano appena finite le riprese del terzo, nel 1988, la piccola Heather muore. Succede a casa, appena tornata da scuola, all'improvviso ha un collasso e devono portarla in ospedale, dove la operano per un'occlusione intestinale. Ma arriva anche un'infezione e Heather non ce la fa. Povera bambina, va bene, però si tratta di un caso da riviste mediche e non da siti specializzati in leggende metropolitane sui film maledetti. E poi, cosa c'entra *Poltergeist*?

Il fatto è che qualche anno prima, nel 1982, proprio quando usciva il film, era morta anche Dominique Dunne, che faceva Dana, la sorella piú grande della bambina bionda, e alla fine del film urlava: «Cosa sta succedendo?» Dominique viene strangolata dall'ex fidanzato davanti a casa. John non accettava che lei lo avesse lasciato, cosí un giorno è andato da lei, hanno litigato, l'ha presa per il collo e quando ha visto che non respirava piú l'ha abbandonata sul marciapiede ed è scappato. Va bene, Heather aveva dodici anni e Dana ventidue, erano giovani per morire e tutte e due legate al film, ed è piú facile parlare di coincidenza che di maledizione.

Nel 1985, però, era morto anche Julian Beck, che nel secondo film, finito di girare proprio in quell'anno, faceva il reverendo Henry Kane, uno spirito cattivo perfettamente adatto al suo volto asciutto e allucinato. Era in ospedale con un tumore allo stomaco che si trascinava da tempo e che alla fine lo ha ucciso. E due anni dopo, nel 1987, muore Will Sampson, che in *Poltergeist II. L'altra dimensione* faceva lo spirito buono di uno stregone indiano, ucciso da un'infezione che subentra a un trapianto di cuore subito qualche settimana prima. Va bene, sia Beck che Sampson erano molto piú anziani e avevano avuto una vita intensa: il primo aveva sessant'anni ed era tra i fondatori del Living Theatre, il secondo ne aveva cinquantotto ed era un noto caratterista, che tra le numerose parti interpretate vantava quella dell'enorme indiano silenzioso accanto a Jack Nicholson in *Qualcuno volò sul nido del cuculo*. E poi erano malati tutti e due.

Ma non importa, è abbastanza per creare la leggenda nera della serie *Poltergeist*, con voci inquietanti che si rincorrono sui siti di appassionati che parlano della strage del cast, della maledizione che ha perseguitato tutti quelli che hanno avuto a che fare con il film come già era accaduto agli archeologi che avevano scoperto la tomba di Tutankhamon. E a questo aggiungono gli incidenti avvenuti sul set, come gli incendi, le sparizioni della pellicola e un vero e proprio esorcismo organizzato e richiesto dagli addetti ai lavori. Va bene, ma perché proprio *Poltergeist*?

Intanto è una saga horror, anzi, di piú, il primo – perché come sempre i sequel sono meno belli – è un classico dei film dell'orrore. E c'è un rapporto cosí stretto tra i fan del genere e il film che nessuno vorrebbe lasciare la storia quando si accendono le luci in sala, tutti vorrebbero in qualche modo portarsela ancora dentro, e la leggenda nera, che sposta l'orrore dallo schermo alla realtà, è un modo per farlo. È come se gli attori continuassero a recitare per noi anche dopo i titoli di coda, mantenendoci nella stessa eccitata tensione.

Poi è una saga che parla di fantasmi, di spiriti, di demoniache presenze, che, si pensa, quando vengono scomodate poi si arrabbiano e vogliono vendicarsi. E non solo per l'argomento trattato. Ci sono voci che parlano di scheletri veri usati durante le riprese e quindi di strani incidenti e allora anche di esorcismi sul set, in una spirale, appunto, da film dell'orrore. Sono soltanto voci, e magari messe in giro proprio dagli uffici stampa della casa cinematografica, ma bastano per creare una leggenda nera. Una delle tante.

Perché non è successo soltanto ai *Poltergeist* I, II e III, naturalmente. Di film maledetti è piena la storia del cinema. Fino dal 1922, per esempio, con *Nosferatu*, che è un vampiro interpretato da Max Schreck, un attore poco noto il cui nome significa curiosamente «massimo terrore», ed ecco che nasce la leggenda che quello non fosse un vero attore, ma un vampiro in carne e ossa, scoperto dal regista e scritturato per la parte.

Oppure ecco contorte coincidenze, come per *Rosemary's Baby* di Roman Polanski, che parla di sette sataniche e viene girato nel 1968 proprio nel palazzo davanti al quale, nel 1980, sarà assassinato John Lennon.

O l'elicottero con la macchina da presa che in *Ai confini della realtà* si avvicina troppo per riprendere una scena, sbaglia la manovra per l'esplosione di un effetto speciale e con le pale del rotore uccide l'attore Vic Morrow e i due bambini di sei e sette anni che teneva in braccio.

Oppure, meno tragicamente, i mobili che si dice si muovessero da soli durante le riprese di *L'esorcista*, le voci incomprensibili che restavano registrate nella pellicola o l'incendio che a momenti distruggeva il set.

Sarà vero? Esistono sul serio i film maledetti? Se ci credete, sí. Se no, sono solo coincidenze come ne accadono tante nella vita, soprattutto quando gli eventi si estendono negli anni e coinvolgono tante persone. E cosí, appena si accende la luce sui titoli di coda, finisce tutto lí, anche se la piccola Carol Anne, nella nostra testa, continua a gridare: «Eccoli! Sono qui!»

Dalla parte di Aleister Crowley

Gli anni Ottanta sono anni di suggestioni e ricerche che portano poi alle infinite sfumature di quella che può essere considerata la metà oscura della musica, e che ha protagonisti diversi e indipendenti dalla storia di P-Orridge e compagni, come i Bauhaus, i Christian Death, gli Einstürzende Neubauten, con etichette che vanno dal dark al post punk al postindustriale e al gotico. Percorsi indipendenti, che in comune hanno soltanto gli inizi e di cui i vari gruppi in cui ha militato P-Orridge possono essere considerati precursori e compagni di viaggio.

Però c'è anche qualcosa che nasce direttamente dalle esperienze e dalle performance di Genesis P-Orridge e compagni, e da quelle strettamente dipende. Attorno al Topy, il Tempio della gioventú psichica nato dalle idee di P-O., si forma una nebulosa di gruppi musicali, performer e videomaker che esce dai confini nazionali della band inglese – lo stesso P-Orridge deve scappare dall'Inghilterra e a lungo non ci può tornare – e arriva in quasi tutto il mondo. In linea con la tradizione della «banda Orridge», i gruppi che a quella si legano hanno nomi parecchio fantasiosi e anche parecchio disturbanti.

In Spagna, per esempio, ci sono i Vagina Dentata Organ, un gruppo di musica industriale e di performance ispirate a Salvador Dalí fondato da un musicista catalano che si chiama Jordi Valls. Fanno cose strane, i Vagina Dentata di Jordi Valls, nei loro concerti parlano di sesso e violenza, fanno performance molto esplicite e crude e si fanno anche ritirare un album perché in copertina hanno messo una foto dell'autopsia di Marilyn Monroe.

In Italia uno dei gruppi piú significativi legati al Tempio della gioventú psichica è sicuramente quello dei Rosemary's Baby.

Intanto il nome, che richiama una serie di immagini e di suggestioni legate al mondo e alla filosofia di P-Orridge. I Rosemary's Baby però non sono solo un nome molto suggestivo, come tanti nomi assunti dalle band al momento della fondazione. I Rosemary's Baby, gli R'sB, sono un gruppo molto attivo nella scena musicale sperimentale italiana alla metà degli anni Ottanta. Nascono a Verona, attorno a un musicista che si chiama Pier Luigi Zoccatelli, e per pubblicizzare la loro prima performance attaccano lungo le strade della città un manifesto listato a lutto, una di quelle mortine che annunciano i decessi. Manifesti che in questo caso non annunciano una morte ma una nascita, quella del gruppo.

Le provocazioni e le suggestioni sono in linea con quelle di Genesis P-Orridge e la nebulosa del Tempio, e infatti la prima accusa che i Rosemary's Baby si prendono è quella di essere un gruppo satanista. Non producono molto dal punto di vista musicale, solo un paio di Ep, ma fanno comunque discutere parecchio.

Perché se i Rosemary's Baby non sono soltanto il nome di una band, non sono neppure una band e basta. Sono il «braccio musicale», come vengono definiti, l'ala artistica di un movimento piú complesso. Qualcuno lo ritiene a sproposito una setta, che si chiama Centro ricerche e studi Babalon.

La filosofia e i testi di base sono quelli del Tempio: gli scritti di un occultista come Austin Osman Spare, quelli di

William Burroughs e quelli di Aleister Crowley, con i suoi riti di *magia sexualis*, i suoi principî superomistici e trasgressivi, i riferimenti alla Bestia 666. Come la sede madre, anche i R'sB, «punto di accesso italiano» al Tempio della gioventú psichica, sono organizzati secondo il numero 23: ventitre livelli gerarchici a partire dal primo, a cui si accede secondo il rito delle tre S, sangue, sputo e sperma. Niente di particolarmente truculento, si tratta solo di sigillare una lettera di contenuto molto intimo con le proprie secrezioni, le cui energie, secondo le teorie di Aleister Crowley e poi di Genesis P-Orridge, vanno ad accrescere quelle del gruppo.

È soltanto una semplificazione, naturalmente, per descrivere una realtà molto piú complessa fatta di suggestioni artistiche e filosofiche che si muovono su una base musicale. Una nebulosa, appunto, che in quegli anni raggiunge un discreto numero di fan – oppure adepti, o seguaci, a seconda di come la si vuole vedere – e che poi in gran parte svanisce.

VARG VIKERNES

Tra i fiordi, in nome dell'Oscuro Signore

Avete presente quando in un film dell'orrore c'è una mummia, o un vampiro, o un demone, o comunque uno strano mostro che dorme da secoli, e arriva l'eroe di turno che fa qualcosa, apre il sarcofago, si punge un dito e ne esce una goccia di sangue, legge una formula scritta alla rovescia e cosí all'improvviso il mostro apre gli occhi, fa un sorrisino diabolico e poi succede quello che succede?

Ecco, in un certo senso è accaduto a marzo del 2009 a Tønsberg, in Norvegia, quando il tribunale ha annunciato l'eventuale rilascio sulla parola di Varg Vikernes, il leader dei Burzum, uno dei piú famosi gruppi black metal norvegesi, finito dentro per omicidio e incendio doloso di chiese. Anche se al momento di aprire gli occhi Varg Vikernes non ha promesso macelli come i demoni dei film ma soltanto di ritirarsi in campagna, a coltivare campi e allevare mucche.

A noi qui, però, interessa quello che è successo prima, una storia nera che entra pienamente nell'ambito della metà oscura della musica, oscura in tutti i sensi, perché si parla di black metal ma anche perché in questo caso si parla anche di satanismo. E di crimine.

La storia di Varg Vikernes attraversa tre momenti.

Nel primo il piccolo Kristian – perché ancora cosí si chiama – è soltanto un ragazzino di Bergen, la seconda città della Norvegia, un biondino magro e dallo sguardo spiritato, con una barbetta caprina molto nordica sul mento. Kristian è molto confuso, cresce in una famiglia borghese dalle idee un po' razziste e si avvicina al movimento skinhead. Legge molto, il giovane Vikernes, legge le antiche saghe nordiche, quelle degli eroi vichinghi, degli dèi del pantheon scandinavo e di tutte le strane creature che popolano fiordi e brughiere. Ma piú che altro legge un libro, *Il Signore degli anelli*, di John Ronald Reuel Tolkien. Il capolavoro di Tolkien, con i suoi personaggi e le sue storie, ha suggestionato e ispirato intere generazioni, ma a Kristian cambia completamente la vita. E quando il giovane quasi skinhead di Bergen incontra il death metal che in quegli anni – siamo a cavallo tra gli Ottanta e i Novanta – si sta sviluppando soprattutto nei paesi scandinavi, è pronto per passare alla seconda fase della sua vita.

Varg, secondo l'antico linguaggio norreno, che è il dialetto germanico parlato dai vichinghi, vuol dire lupo. Prima di diventare un lupo – e aggiungere al proprio nome anche quello di Quisling, il premier norvegese che collaborava con i nazisti durante la Seconda guerra mondiale: Varg Quisling Larssøn Vikerns, cosí si fa chiamare Kristian – l'eroe della nostra saga era un ragazzo che suonava la chitarra e che faceva e disfaceva gruppi, come tutti i musicisti entusiasti e dotati al loro ingresso nella scena musicale locale. Prima i Kalashnikov, poi gli Uruk-Hai, poi una partecipazione nei Sataniel e negli Old Funeral, con i quali scopre definitivamente il death metal, velocissimo, pesante e pieno di riferimenti a morte, distruzione e metà oscura.

Ma come tutti i musicisti entusiasti e dotati, Varg nel progetto di altri ci sta stretto. E cosí esce dagli Old Funeral, che in Scandinavia cominciano a farsi un nome, riprende gli Huruk-Hai, che praticamente è lui con altri *session men*, e gli cambia il nome in Burzum, che nel linguaggio demoniaco del *Signore degli anelli* significa oscurità. Anche lui cambia nome, non subito, ma appena i Burzum cominciano a farsi conoscere nella scena black metal norvegese. Varg resta Varg, il lupo, ma quando sale sul palco è Count Grishnackh, che nel *Signore degli anelli* è uno dei comandanti dell'esercito degli Orchi.

Ci stiamo avvicinando alla terza trasformazione della vita di Varg Vikernes, alla terza parte della sua personale saga scandinava. Ci manca solo un passaggio.

I Burzum e Varg Vikernes hanno successo e diventano uno dei gruppi di punta del black metal scandinavo. I loro sono veri e propri concept album che sulle note prima velocissime e ossessive del metal e poi ipnotiche e struggenti della musica ambient vogliono costruire un intero mondo di suggestioni pagane di cui Varg è il poeta, anzi, di piú, il sacerdote. Un creatore di mondi, come gli antichi autori delle saghe scandinave.

Però non è tutto qui. Nel mondo di Varg le suggestioni pagane sono anche anticristiane. Violentemente anticristiane. E anche qualcosa di piú, perché Varg il lupo ha un amico molto stretto, un altro musicista di cui ammira la musica e le idee. Si chiama Øystein Aarseth, ma si fa chiamare Euronymous ed è il leader dei Mayhem, altro gruppo musicale importante. Euronymous ha una piccola etichetta discografica, la Deathlike Silence Production, e ha un negozio di dischi. I frequentatori del negozio, tra cui ci sono molti musicisti come Varg, sono un gruppo molto unito, tanto che chi ne sta fuori li chiama *black metal mafia*. Loro si fanno chiamare Inner Circle, e visti da fuori hanno un aspetto molto particolare: quello di una setta satanica.

Il terzo atto della saga di Varg Vikernes comincia il 6 giugno 1992, alle tre del mattino. La Stavkirke di Fantoft, vicino a Bergen, è un capolavoro di antica architettura cristiana. Stava nel villaggio di Fana, su un fiordo, dal 1150, poi, per salvarla dalla distruzione, l'hanno smontata pezzo per pezzo e portata vicino a Bergen. Quella notte di giugno, però, prende fuoco e brucia completamente. L'incendio è doloso, ed è simile ad altre decine di incendi che in quel periodo distruggono altre chiese cristiane, piú o meno storiche, e nei quali perde la vita anche un vigile del fuoco.

La polizia norvegese ha dei sospetti. Ci sono quegli strani soggetti dell'Inner Circle, e ce n'è uno, un biondino magro dalla barba caprina che racconta parecchi particolari, anche sconosciuti, sugli incendi. Cosí Varg il lupo viene arrestato e finisce in carcere per sei mesi, prima che le autorità siano costrette a rilasciarlo per mancanza di prove. Però lui con gli incendi c'entra, eccome. Per la Stavkirke di Fantoft non riescono a incastrarlo, ma per altre quattro chiese sí. Non è proprio per satanismo che lo fa. Ci sono molte correnti nei gruppi che girano attorno all'Inner Circle, molte posizioni filosofiche e religiose, e la sua piú che a Satana si rifà a Odino, il dio principale del pantheon scandinavo. Il risultato, però, non cambia: la chiesa di Storetveit e quella di Åsane, vicino a Bergen, quella di Skjold a Vindafjord e la cappella di Holmenkollen a Oslo prendono fuoco per mano sua.

Però non è questo che manda in galera il lupo e ne fa quel demone dormiente di cui abbiamo parlato prima. A chiudere la saga di Varg Vikernes, conte di Grishnackh, è un omicidio.

I rapporti con l'amico e collega Euronymous si sono deteriorati progressivamente. Varg e i Burzum hanno sempre piú successo ed Euronymous e i Mayhem non possono permetterlo. È un po' quello che succede dall'altra parte dell'oceano con le etichette rivali di rap e hip hop di Los Angeles e di New York. Ecco, esiste anche una variante scandinava delle faide tra gruppi ed etichette discografiche, dove alle pistole si sostituiscono le accette e i coltelli, piú in linea con la tradizione vichinga.

Il 10 agosto 1993 Varg va a Oslo, a trovare Euronymous a casa sua. Devono soltanto parlare di contratti e di soldi, ma finisce male, perché Varg uccide Euronymous con ventitre coltellate alla testa e nella schiena. Ai giudici Varg racconta che si era portato dietro tre coltelli, una baionetta e un'ascia per difendersi, ma nessuno crede alla tesi della legittima difesa e cosí Varg Quisling Larssøn Vikernes – Kristian per la legge – si prende ventun anni, il massimo della pena in Norvegia per quel grado di omicidio.

Quando Varg il lupo sarà fuori, secondo le sue dichiarazioni dovrebbe mollare la musica e i Burzum, che nel frattempo hanno pubblicato tutto il materiale scritto da Varg prima di finire dentro. Dovrebbe mollare tutto e dedicarsi soltanto a mucche, latte e grano, come un eroe delle saghe nordiche dopo una vita di avventure nei mari e nei fiordi della Scandinavia.

Non sono in molti a crederci. Anche perché le suggestioni dell'Inner Circle sono ancora forti. Satana, o chi per lui, continua ad aleggiare tra i fiordi.

Scena del crimine

SAM COOKE

Lady! You shoot me!

Nella fotografia lo si intravede attraverso uno spiraglio della porta socchiusa. Davanti, a coprire quasi tutta la visuale, c'è la gamba di un poliziotto, uno di quelli in divisa blu, con la fondina della pistola sulla coscia. Oltre la gamba c'è lui, seduto per terra, la testa abbandonata contro il muro, un braccio tra le gambe. Nudo, a parte una giacca sportiva e le scarpe. Si vede benissimo che è morto. Morto ammazzato.

Lui si chiama Sam Cooke, ed è uno dei maggiori cantanti di rhythm'n'blues degli inizi degli anni Sessanta. Se il talento si potesse misurare con i numeri, si potrebbe dire che fino a quel momento Sam Cooke ha venduto dieci milioni di dischi, possiede una Ferrari decapottabile da quindicimila dollari, dollari di allora, e una villa a Hollywood. Lo diceva sempre ai suoi amici, quando era giovane: «Canterò e farò un sacco di soldi».

Ma non è cosí che si valuta la musica, e per Sam Cooke bastano i titoli delle canzoni, *Send Me*, *Cupid*, o anche *Wonderful World*: *Don't know much about history | don't know much biology*... non ne so molto di storia o di biologia, non conosco la scienza o il francese che parli, quello che so è che ti amo e che il mondo è bello con te. Piú o meno suona cosí, è un ragazzo di strada che fa la corte a una studentessa, ed è una delle piú belle canzoni d'amore mai scritte, tra le piú riprese, rimixate e utilizzate, dal cinema alla pubblicità. Poi c'è *A Change Is Gonna Come*, un cambiamento sta arrivando, l'inno del movimento per i diritti civili dei primi anni Sessanta che viene considerato l'equivalente nero di *Blowin' in the Wind* di Bob Dylan. Un tema a cui Sam era particolarmente sensibile dato che solo pochi anni prima era stato arrestato per aver chiesto una stanza in un albergo «per soli bianchi».

L'uomo seduto a terra quindi è lui, Sam Cooke, una star del rhythm'n'blues. Che ci fa in quella fotografia, dietro la gamba del poliziotto?

Intanto cos'è quel posto in cui si trova? È l'atrio di un motel, un alberghetto piuttosto squallido da tre dollari a notte che si chiama Hacienda Motel e sta a South Central, un quartiere di Los Angeles. No, anzi, non un quartiere, un quartieraccio piuttosto malfamato e pericoloso, allora come adesso. Sam Cooke ci è arrivato alle 2,30 del mattino dell'11 dicembre 1964 assieme a una donna, che ha firmato come «signora Cooke», anche se non è vero, perché la signora Cooke è una donna di colore dall'aspetto molto elegante che si chiama Barbara mentre questa è una ragazzina asiatica molto carina che si chiama Elise Boyer ed è inconfondibilmente una prostituta.

Va bene, Sam si è appartato con una ragazza. È noto per questo, per l'incontenibile libidine che già da ragazzo, quando ancora cantava i gospel in chiesa, gli aveva fatto lasciare tre fidanzate incinte in tre città diverse. Ma che ci fa steso sul pavimento in quella che è inconfondibilmente una foto di cronaca nera?

È lí perché gli hanno sparato. Tre colpi di pistola calibro 22, di cui uno dritto al cuore. A spararagli è stata la portiera del motel, un'anziana donna di colore di cinquantacinque anni che si chiama Bertha Franklin, che poi ha afferrato una scopa e ha cominciato a colpire in testa quell'uomo che non voleva cadere a terra anche se ormai era quasi morto. Ma perché gli ha sparato? Bertha lo racconta alla polizia che arriva poco dopo, verso le 3,15, chiamata dalla padrona del motel con cui Bertha stava parlando quando Sam le è saltato addosso e lei gli ha sparato.

Poco prima Sam Cooke aveva fatto il giro del motel per andare nel cottage che gli era stato assegnato. Là, però, era successo qualcosa, perché Elise era scappata fuori dall'appartamento, seminuda, con i vestiti strappati, e Sam le era corso dietro con addosso soltanto la giacca e le scarpe. Era arrivato fino alla reception e aveva chiesto a Bertha dov'era la ragazza, e quando la donna gli aveva detto che avrebbe chiamato la polizia lui le era saltato addosso. South Central, lo abbiamo detto, è un postaccio, una come Bertha non ci sta dietro il bancone senza una pistola, e infatti ce l'ha, ha una 22 in un cassetto, la tira fuori e spara tre colpi a Sam. Che quando viene colpito la guarda e le dice: *Lady! You shoot me!*, Signora, ma lei mi ha sparato!

Quando la polizia arriva lo trova steso nell'atrio, appoggiato al muro, trova Bertha con la scopa in mano ed Elise in una cabina telefonica, ancora seminuda e terrorizzata. La spiegazione sembra semplice. È l'ennesima morte di una star maledetta, uccisa dalla propria libidine e dal proprio senso di impunità. Il processo dura poche udienze, e in soli quindici minuti di camera di consiglio la giuria assolve Bertha Franklin per legittima difesa. La storia viene messa a tacere, Barbara perdona la memoria del marito e i fan non si fanno certo spaventare da situazioni simili. Sam Cooke viene sepolto dopo un funerale sontuoso nel Garden of Honour del Forest Lawn Park Cemetery, Ray Charles gli canta un addio funebre e le sue bellissime canzoni continuano a vendere milioni di dischi.

Qualche mistero però resta. Succede in tutte le storie di questo genere, e forse è suggestione o forse è soltanto la difficoltà di accettare una spiegazione tanto banale per la morte di uno cosí, uno come Sam Cooke.

Per esempio la polizia si chiede perché quando è scappata Elise si sia portata via i calzoni di Sam. Per questo Sam esce nudo dal cottage, lei si è presa i suoi calzoni con dentro il portafoglio. Che quando viene restituito alla polizia contiene un biglietto da venti dollari, mentre il barista del locale in cui Sam si è fermato a comprare una bottiglia di whisky dice di avercene visti dentro almeno mille.

E poi perché per una semplice storia di sesso, veloce e occasionale, con una ragazza conosciuta al volo, Sam guida la sua bellissima Ferrari decapottabile rossa per diciassette miglia attraverso Los Angeles fino a quel motel a South Central?

E perché quando si registra dà il suo vero nome? Sam Cooke, in quel motel da tre dollari a notte, a South Central, con una sedicente signora Cooke. Certo, Sam lo conoscevano tutti, specie la gente di colore che ascoltava R&B come la signora Bertha. Se qualcuno avesse letto quel registro e gli fosse venuto in mente di controllare, ci sarebbero stati di sicuro gli estremi per una causa di divorzio milionaria.

Stranezze da star, probabilmente. O forse no.

In ogni caso, dal 1986 Sam Cooke entra nella Rock and Roll Hall of Fame per le canzoni che ha scritto e per come le ha cantate.

Il modo in cui è morto, da questo punto di vista, conta poco o niente, e quella foto in bianco e nero che lo ritrae dietro la gamba del poliziotto, con gli occhi chiusi e la pancia scoperta, vale sicuramente meno delle copertine dei suoi dischi.

JOHN WAYNE GACY

Quell'odore terribile che viene dal giardino

Facciamo finta che non sia mai successo, che un uomo di nome John Wayne Gacy non sia mai esistito e che nessuno abbia fatto quello che ha fatto lui. Facciamo finta che un gruppo di sceneggiatori siano seduti attorno a una scrivania nel reparto sviluppo progetti di qualche major cinematografica. Il produttore gli ha chiesto di inventare la piú incredibile storia di serial killer e loro si stanno dando da fare. Quanti morti? Tanti, è un serial killer, venti, trenta... no, trentatre. Trentatre giovani adolescenti. E lui? Insospettabile, naturalmente, il perfetto vicino di casa, ben inserito nella società, impegnato in opere di volontariato, grande organizzatore di feste di quartiere. Poi, due colpi di genio. Il nome, cosí americano, cosí eroico e allo stesso tempo cosí strano: John Wayne, come l'attore cowboy. John Wayne Gacy. E il travestimento usato per animare le feste di quartiere, per far ridere i bambini: quello di un clown. C'è niente di piú inquietante, di piú spaventoso, di piú terribile di una maschera bianca dai grandi occhi cerchiati e il naso rosso quando a indossarla è uno dei piú feroci serial killer di tutti i tempi?

Se non fosse mai esistito, John Wayne Gacy, la sua storia avrebbe fatto la fortuna di un gruppo di sceneggiatori e sarebbe diventata sicuramente un bel film. Ma Gacy è esistito davvero, la sua storia va presa per quello che è, non una fonte di divertimento ma uno spunto di riflessione su quello che accade nel mondo. E come sempre avviene in questi casi, supera di gran lunga la fantasia del piú fantasioso sceneggiatore di Hollywood.

All'inizio sembra sempre la perfetta realizzazione del Sogno Americano, proprio come lo vediamo nei film o lo propongono i telepredicatori. John Wayne è un bravo ragazzo che si è fatto da sé e si dà da fare. Lavora per mantenersi al college e prendersi un diploma in Economia, a Chicago. È un venditore nato, capace di incantare chiunque e vendergli qualunque cosa, scarpe da uomo nel suo caso, e poi vestiti. Conosce una compagna di lavoro, Marlynn, e se la sposa. Il padre di lei è il proprietario della catena del Kentucky Fried Chicken – e anche qui è difficile pensare a qualcosa di piú americano – e John Wayne passa a lavorare per il suocero. Non è semplicemente il genero del padrone, è uno bravo, che lavora dodici, tredici, quattordici ore al giorno, e gli vogliono tutti bene. Oltre che essere bravo è anche buono, John Wayne, perché è attivissimo nella locale sezione del Jaycess, un gruppo di volontariato sponsorizzato dalla camera di commercio. E non solo: boy scout, guardia nazionale, associazioni religiose, John Wayne non si fa mancare niente.

Sono i primi anni Sessanta, buon lavoro, moglie adorata, due figli, volontariato attivo, c'è qualcosa che può turbare la vita di John Wayne? Sí. All'inizio sono soltanto voci, poi diventano accuse dirette e alla fine un processo. Mark Miller, un adolescente che lavora con lui al fast food, lo accusa di averlo portato a casa, qualche anno prima, e di averlo violentato. All'improvviso gli amici e i colleghi di John Wayne si ricordano che si è sempre circondato di giovani adolescenti carini, vuoi vedere che... Ma no, John Wayne?

Qualunque cosa sia accaduta davvero, John Wayne viene condannato a dieci anni di prigione. Ne fa soltanto due perché è un detenuto modello, ma intanto perde gli amici, la moglie, perde il lavoro. 1968, fine del sogno americano.

Ma è davvero cosí? La particolarità del Grande Sogno Americano è proprio quella di offrire sempre un'altra occasione a chi voglia sfruttarla. John Wayne è un bravo ragazzo capace di farsi da sé, lo abbiamo visto.

Torna in Illinois e trova un altro lavoro, come cuoco in un ristorante. In fondo, non dirigeva un'intera catena di fast food? Si sposa con Carole, che ha già due figli a cui John vuole bene come se fossero suoi, e tutto sembra tornare come prima. C'è un giardino, in casa sua, nella Sommersdale Avenue, in un sobborgo di Chicago, in cui John Wayne organizza barbecue per i vicini, che a volte si trasformano in grandiose feste a cui partecipano anche trecento persone. Sono feste a tema, hawaiano oppure western, ed è sempre tutto perfetto, a parte quello strano odore che viene da un angolo del giardino. Sono le fognature, dice John Wayne. Le hanno messe giú male e qualcosa è marcito. Niente di grave.

Ha un carisma, John Wayne, una capacità di entrare in relazione con le persone che non deve andare sprecata. È quello che pensa Robert Matwick, un esponente del locale Partito democratico, che lo coinvolge in attività di propaganda e volontariato. John Wayne è bravissimo con i bambini, fa animazione nelle scuole vestito da clown, un grosso clown da circo, con una parrucca di finti riccioli colorati, il volto coperto di bianco, i grandi occhi neri e il naso rosso a forma di ciliegia. Pogo il Clown, si fa chiamare. Come si fa a non volere bene a quel gigante con la faccia rotonda, che sorride sempre. Sembra il sergente García, quello dei telefilm di Zorro. Matwick ne è conquistato e lo fa entrare nella commissione cittadina per l'illuminazione delle strade. È il primo passo nella politica locale.

Ecco, è qui, al culmine del processo di risalita, quando il personaggio sembra risorgere, che gli sceneggiatori degli Studios piazzerebbero un altro colpo di scena, un'altra difficoltà che sembra rimettere tutto in discussione. La vita non è da meno.

È il 1974 e tornano quelle voci. Quegli adolescenti carini che lo circondano sempre. John Wayne ha cambiato lavoro, ha aperto la Pdm Contractors Incorporated, che si occupa di ridipingere e sistemare interni di case, e anche questo cambiare continuamente attività e con successo è molto Sogno Americano. Ha tanti giovanissimi lavoranti, per diminuire i costi dice lui, ma la gente comincia a pensare male. Ma c'è qualcosa di piú. Qualcosa di piú inquietante. Perché i suoi giovani muratori non solo lo frequentano in modo insistente e ambiguo, ma dopo un po' scompaiono.

Per esempio Johnny Butkovich, che ha diciassette anni, e un giorno se ne va a casa di John Wayne perché gli deve tre settimane di paga che non gli vuole dare, e da allora nessuno l'ha piú visto.

Poi c'è Michael Bonnin, anche lui ha diciassette anni, e nella ditta di John Wayne fa il carpentiere. Michael va alla stazione a prendere il treno per andare a trovare la sua famiglia e non torna piú indietro. E Gregory Godzick, diciassette anni, specializzato in lavori di pulizia. E non soltanto loro, non sono soltanto i giovani che lavorano alla Pdm di John Wayne a scomparire nei dintorni di Chicago in quegli anni. C'è Billy Carroll jr, un giovane sbandato diciassettenne, fuggito da casa dopo aver rischiato il riformatorio, che si mantiene organizzando incontri di coetanei con omosessuali, e c'è anche John Szyc, che di anni ne ha diciannove, e sparisce mentre sta facendo un giro con la sua macchina. E Robert Gilroy, diciotto anni, che esce per andare a vedere una corsa di cavalli e non torna piú.

Certo, siamo negli Stati Uniti, siamo a Chicago, ne succedono di cose, la gente sparisce, soprattutto i giovani adolescenti inquieti. Cosa c'entra John Wayne?

C'entra. Perché la macchina di John Szyc, per esempio, la sua Plymouth Satellite del 1971, viene trovata a una stazione di servizio. Alla guida c'è un altro adolescente che ha cercato di scappare per non pagare il pieno. Alla polizia dice che la macchina gliel'ha data il suo amante, un signore di Chicago, un imprenditore. John Wayne Gacy. Sí, ammette John Wayne, la macchina gliel'ho data io. Era di Johnny Szyc, che gliel'ha venduta, ecco i documenti, ecco la sua firma. Non sembra proprio la firma di Szyc, ma per adesso non importa.

Ci vuole un punto di svolta in questa storia, e ci vuole un antagonista per John Wayne. Seduti attorno al tavolo del loro ufficio, i nostri sceneggiatori immaginari cercherebbero la soluzione piú strana e soprendente. Nella realtà le cose vanno in un altro modo. Accadono, semplicemente, e nella loro semplicità appaiono ancora piú crude e inquietanti.

Siamo nel 1977 ed è scomparso un altro ragazzino. Robert Priest, quindici anni. Lavora in una farmacia ma si è stancato, e dopo l'orario di chiusura aveva un colloquio con un nuovo possibile datore di lavoro. Sua madre lo aspetta a casa, e quando è passato abbastanza tempo da pensare male va alla polizia a denunciarne la scomparsa.

Il nostro detective si chiama Joseph Kozenczak. Tenente Kozenczak, ed è in servizio presso il dipartimento di polizia di Des Plantes. Raccoglie la denuncia della signora Priest e si fa dare il nome dell'uomo con cui Robert doveva parlare quella sera. Ha un nome buffo, molto americano.

Si chiama John Wayne Gacy.

Il tenente Kozenczak ha dei sospetti. Alla stazione di polizia John Wayne ha risposto a tutte le domande e ha detto di non sapere niente del giovane Robert e della sua scomparsa, ma il tenente non è convinto. C'è qualcosa di strano, *sente* qualcosa di strano, questione di fiuto, di quelle cose che si vedono nei film gialli, specie quelli sui serial killer.

Allora il tenente Kozenczak fa un controllo sui precedenti penali di John Wayne e scopre che è stato dentro per aver abusato sessualmente di un adolescente. È abbastanza per ottenere dal giudice un mandato di perquisizione per la casa di John Wayne.

Non trovano molto. Una serie di cassette pornografiche, libri di contenuto gay, un po' di fumo, una scacciacani, un paio di manette e un coltello. Ci sono magliette di taglia piú piccola, ma che significa? C'è un pene di gomma di diciotto centimetri, ma che significa? A parte la droga, non c'è niente che configuri un reato serio. Lo arrestano, ma non hanno in mano niente contro il bravo John Wayne, che si fa fotografare in bianco e nero dalla polizia, col cartello col numerino sul petto e il suo sorriso smagliante, alla sergente García.

Però qualcosa di strano c'è. Il tenente Kozenczak se ne accorge quando torna a casa di John Wayne la seconda volta.

C'è quell'odore orribile che viene dal giardino.

John Wayne capisce che le cose si stanno mettendo male e comincia ad ammettere qualcosa. Sí, ha ucciso un ragazzo, ma si è trattato di legittima difesa. Lui voleva ricattarlo, poi lo ha aggredito, e allora lui ha reagito e lo ha ucciso. Lo ha sepolto sotto il garage. E infatti è lí che la polizia trova i resti di un corpo. Ma c'è sempre quell'odore, cosí forte. Troppo forte.

Il dottor Robert Stein, coroner della contea di Cook, dove si trova la casa di John Wayne, dirige i lavori in giardino come se si trattasse di scavi archeologici. Salta fuori un corpo, poi un altro, poi un altro ancora. I vicini di casa – che erano andati alla polizia a testimoniare che John Wayne era un bravo ragazzo e che mai e poi mai, ma assolutamente, come si fa solo a pensarlo – assistono attoniti ai lavori che si prolungano per tutta la notte e nei giorni successivi.

Scavano per due mesi.

Di corpi ne saltano fuori ventisette.

Poi altri due nell'argine del fiume che passa vicino alla casa, e un altro ancora nel cemento delle fondamenta, ancora due nel fiume e un altro sotto il pavimento della tavernetta.

Siamo a trentatre.

Intanto John Wayne, seduto nella stanza degli interrogatori della stazione di polizia, proprio come nei film, ha cominciato a confessare.

Il primo l'ha ucciso nel 1972, in gennaio. Il secondo esattamente due anni dopo, nel gennaio del 1974. Poi non si è piú fermato. Li ammanettava, gli infilava un calzino o una maglietta in bocca, perché non urlassero, e li violentava. Alla fine li uccideva o soffocavano durante la violenza, e allora andava a seppellirli in giardino, uno vicino all'altro, per risparmiare spazio. Da un certo punto in poi aveva preso a farlo con piú frequenza, e a volte succedeva che ne uccidesse piú di uno al giorno. Il Sogno Americano, per John Wayne e per gli adolescenti che aveva ucciso, era diventato un incubo.

Il processo si apre nel febbraio del 1980. Il vero argomento su cui le cinque donne e i sette uomini che compongono la giuria devono riflettere non è se John Wayne sia o no colpevole, le prove sono troppe, ma se sia o no pazzo. È su questo che si scontrano il procuratore distrettuale Bob Egan, che sostiene l'accusa, e l'avvocato Robert Motta, che difende John Wayne. Sta tutto lí, se mandarlo a morte o in un manicomio criminale.

Anche qui, al processo, ci sono colpi di scena degni di una sceneggiatura di Hollywood. La difesa presenta un teste a sorpresa, uno dei ragazzi che erano stati violentati da John Wayne prima che cominciasse a uccidere. Jeffrey Ringall testimonia che John Wayne lo aveva assalito con tanta violenza da fargli pensare che fosse in preda a una furia incontenibile, totalmente incapace di controllarsi. Che fosse pazzo.

Poi arrivano la madre e la sorella di John Wayne, che racconta di come il padre fosse autoritario e dispotico. Frustava il piccolo John Wayne con una cinghia di pelle e qualche volta aveva anche abusato di lui.

Arrivano i vicini, che lo descrivono come un uomo meraviglioso, sempre pronto ad aiutare tutti, sempre sorridente, uno su cui poter contare per qualunque cosa. Insomma, *the perfect neighbour*, il perfetto vicino di casa. Almeno prima di scoprire che era un pericoloso serial killer.

Arrivano gli psichiatri, naturalmente, che parlano di incapacità di intendere e di volere, e di distinguere la gravità delle azioni commesse.

Per l'accusa, per il procuratore Egan, John Wayne sapeva invece benissimo quello che faceva quando violentava e soffocava tutti quei giovani adolescenti.

John Wayne segue tutto il dibattimento senza battere ciglio. Ascolta tutte le deposizioni dei testimoni e dei periti – sono piú di un centinaio, anche quella di Ringall, che vomita e si mette a piangere in aula – senza tradire la minima emozione.

Poi la giuria si ritira e dopo un paio d'ore esce col verdetto. Gli avvocati difensori dicono sempre che in casi come questi piú la giuria tarda a emettere il verdetto e meglio è. Un paio d'ore sono niente, praticamente subito. L'avvocato Motta lo capisce appena viene richiamato in aula, come andrà a finire.

Colpevole.

In grado di intendere e di volere.

Condanna a morte.

Qui finisce la storia di John Wayne Gacy, uno dei piú feroci e incredibili serial killer di tutti i tempi. In un film lo vedremmo sparire in dissolvenza col suo sorriso da sergente García, magari con la sua maschera da clown sotto i lineamenti, come il Norman Bates di *Psycho* con la mummia della madre morta. Steso sul lettino del braccio della morte nel carcere della contea di Cook, a Chicago, in attesa dell'iniezione letale che lo uccide il 10 maggio 1994, dopo aver tappezzato la cella di ritratti di clown che adesso, sul mercato, valgono un sacco di soldi.

Nella realtà restano tutti gli interrogativi che una vicenda come questa pone e continua a porre, tutti gli spunti di riflessione.

Ma come è possibile? Come è possibile che il perfetto vicino di casa, quel bravo ragazzo di John Wayne, il protagonista del Sogno Americano, come è possibile che Pogo il Clown abbia potuto violentare, uccidere e seppellire trentatre ragazzi cosí, praticamente sotto gli occhi di tutti?

MARVIN GAYE

Sotto i colpi di un re crudele e onnipotente

C'è una stella nella Rock and Roll Hall of Fame di Cleveland, il museo della musica che ogni anno accoglie i personaggi che hanno esercitato un'influenza fondamentale nel rock and roll. Nel gruppo del 1987, assieme a quelle di Aretha Franklin, B. B. King e altri, c'è quella di un musicista di Washington che per la Motown – la mitica casa discografica di Detroit che tra soul, disco, pop e rhythm and blues ha praticamente inventato la musica nera – ha scritto piú di duecento canzoni, di cui sessantasei fisse alla testa delle classifiche. Si chiama Marvin Gaye, o meglio, si chiamava, perché nel 1984 è stato ucciso da due colpi di pistola. A ucciderlo è stato suo padre, Marvin Gay senior, ma sono in molti a dire che no, non è vero. A uccidere Marvin Gaye è stato lui stesso. Certo, il grilletto lo ha premuto il padre e c'è anche andato in galera per questo, ma a commettere l'omicidio è stato quel musicista di talento che sta nella Hall of Fame.

La storia comincia il 2 aprile del 1939, quando in un sobborgo di Washington nasce Marvin Pentz Gay junior, il secondo di quattro figli messi al mondo dal *quasi* reverendo Marvin Gay senior, che era arrivato nella capitale da una fattoria sperduta nel cuore del Kentucky seguendo la sua congregazione dal nome lunghissimo, House of God, casa di Dio, ma anche The Holy Church of the Living God, the Pillar and the Ground of the Truth, the House of Prayer for All the People, la santa chiesa del Dio vivente, il pilastro e la terra della verità, la casa della preghiera per tutte le genti. Tanti nomi per una setta che mette assieme ebraismo ortodosso e cristianesimo pentecostale. Marvin Gay senior vorrebbe diventare il *chief apostole*, l'apostolo capo, il reverendo della sua chiesa, ma non ci riesce, l'incarico lo dànno a un altro pastore, e allora lui lascia la congregazione, portandosi dietro un carico devastante di frustrazioni personali e proibizioni religiose. Che scarica sui figli, dato che essendo disoccupato per la maggior parte del tempo se ne sta a casa con loro, mentre la moglie lavora come cameriera.

Cosí il giovane Marvin Pentz cresce senza poter guardare la televisione, e forse questo non è un male, ma anche senza poter fare sport, senza poter andare a ballare o al cinema, senza poter ascoltare musica, senza potersi neppure pettinare, chiuso in casa dal venerdí alla domenica per lo Shabbat lungo come lo intende la House of God, se no sono botte, e anche parecchie. Niente musica in casa Gay, a parte quella religiosa, ed è lí che il piccolo Marvin si rifugia. Ha un talento naturale per la musica, c'è un pianoforte in casa e il padre glielo lascia suonare, lui suona spiritual e gospel, poi, appena Marvin senior esce, passa al blues e alle canzoni popolari, suonate a orecchio, perché Marvin le note non le sa leggere.

È la musica la sua via d'uscita alla vita con il *cruel and all-powerful king*, quel re crudele e onnipotente, come definisce suo padre. A quindici anni Marvin si mette a suonare con un complessino del liceo, i Dc Tones, va ai concerti di nascosto, di James Brown e di Sam Cooke, ascolta anche i dischi dei bianchi come Dean Martin, e appena è pronto scappa come è possibile scappare per un ragazzo come lui: si arruola, in aviazione. Ci resta pochissimo, lo congedano subito come inadatto alla vita militare, ma intanto è uscito di casa. Mette su un altro complesso con gli amici dei Dc Tones, un gruppo vocale che si chiama The Marquees e fa doo wop, una specie di blues un po' nero e un po' bianco, molto ritmato e pieno di suoni privi di senso, e con quello si fa notare da un grande della musica nera, Bo Diddley, che lo presenta a un manager che lo porta a Chicago, alla Motown.

Cosí Marvin Pentz Gay diventa Marvin Gaye, con la *e*, un po' per distinguersi dalla famiglia paterna e un po' perché suona meglio di quel *gay* che in inglese significa, appunto, gay, e con l'omosessualità Marvin ha dei problemi.

Ne ha tanti di problemi, non solo l'omofobia. Perché se piano piano Marvin si conquista il suo posto nelle classifiche, nelle rendite della casa discografica, del cui fondatore sposa la figlia, e nella Hall of Fame fino a diventare anche un raffinato e sorridente sex symbol con una hit mondiale come *Sexual Healing*, un pezzo lento e suadente con venature reggae, uno dei singoli piú venduti nella storia della musica, Marvin continua a vivere dentro di sé come se fosse ancora nella casetta di fianco alla chiesa di Dio, col re crudele e onnipotente. Le sue paure e le sue frustrazioni crescono ed esplodono sempre piú spesso, lo prendono come quei demoni che ossessionavano il predicatore Gay, e lo rendono schiavo di una metà oscura piuttosto profonda.

Sarà anche uno splendido musicista, Marvin Gaye, ma stargli vicino è veramente impossibile. Intanto è omofobico, ha paura di tutto quello che potrebbe farlo considerare gay, ma non riesce a fare a meno di indossare, ogni tanto, capi di abbigliamento femminili. È un sex symbol ma sembra odiare le donne, le tratta male, e non soltanto con i giochi sadomaso a cui si dedica nell'intimità, anche nel resto della vita. Gli piace umiliarle, dargli ordini, vuole che soddisfino le sue *evil fantasies*, come le chiama, le sue fantasie diaboliche. E poi è anche megalomane. «Io e Dio lavoriamo assieme» dichiara. Non è Beethoven solo perché Beethoven ha avuto piú tempo, ma si rimetterà in pari. Dice di essere un atleta e che giocherà a basket da professionista con i Lions. E gira tutto il giorno con un giubbotto antiproiettile, ha paura di essere avvelenato e tiene una mitraglietta nella camera da letto. E spende, lo riconosce anche lui, spende come un pazzo, per le ville, per le macchine, per i divorzi, guadagna centinaia di migliaia di dollari e ha debiti per milioni. E, naturalmente, si droga. Marijuana, e questo è normale, cocaina, e questo è frequente, polvere d'angelo ed eroina, e questo è pericoloso.

Poi arriva un momento in cui l'incontro con gli incubi del passato che adesso sono i demoni del presente diventa inevitabile. E dirompente. Perché agli inizi del 1984 Marvin torna a casa da suo padre. Non nella stessa casetta di fianco alla chiesa, in una splendida villa in stile edoardiano che ha regalato alla sua famiglia. Ma lí ci sta anche suo padre, e sono almeno venticinque anni che Marvin junior e Marvin senior non stanno assieme sotto lo stesso tetto.

Marvin però adesso non è piú il ragazzino spaventato che le prendeva di santa ragione. Marvin Pentz Gay adesso è Marvin Gaye.

Succede il 1° aprile del 1984, il giorno prima che Marvin compia quarantacinque anni. È soltanto l'ultimo dei tanti litigi che hanno avuto da quando stanno di nuovo assieme. Il signor Gay stava urlando alla moglie dal fondo delle scale, Marvin gli ha detto di smetterla, l'altro è salito e Marvin lo ha preso a pugni e calci, e allora il signor Gay è andato a prendere la pistola, una Smith & Wesson calibro 38, è tornato di sopra e ha sparato al figlio. Marvin era in camera, seduto sul letto. Il primo colpo gli ha attraversato il cuore e lo ha steso a faccia in su. Il secondo era inutile perché praticamente era già morto.

Cosí muore Marvin Gaye, stella della Hall of Fame, grande musicista e pessimo carattere, divorato dai demoni dell'infanzia. Certo, a sparare è stato il padre, anche lui divorato dai suoi demoni, e per questo è stato condannato a sei anni di galera, che non ha fatto visto che era troppo vecchio e troppo malato al momento del processo. Ma a casa, sotto il suo stesso tetto, Marvin c'era tornato da solo.

E quella Smith & Wesson calibro 38 che lo ha ucciso, al padre gliel'aveva regalata proprio lui, soltanto l'anno prima.

CHRISTIAN BRANDO

Nella villa del padre sulla Mullholland Drive

Non è facile essere il figlio di una star. Certo, non è facile essere tante altre cose, per esempio nascere in una famiglia povera e disagiata e con un sacco di problemi. Ma dal punto di vista dell'equilibrio emotivo, anche nascere da genitori ricchi e famosi può essere un problema.

Christian Brando era nato da genitori ricchi e famosi. Uno in particolare, quello che gli dà il cognome, l'attore Marlon Brando. Quello di *Fronte del porto*, *La contessa di Hong Kong* e *Il padrino*.

Non è facile essere il figlio di Marlon Brando, anche se si vive su un'isola privata in Polinesia, al largo di Tahiti. Intanto significa assistere a tutti i litigi tra un sex symbol ossessionato delle donne come Marlon e sua moglie Anna Kashfi, la madre di Christian, una bellissima attrice indiana nevrotica, alcolizzata e molto gelosa. Quando il tribunale affida Christian al padre per i problemi di Anna con la droga, lei lo rapisce approfittando del fatto che Marlon non c'è perché sta girando *Ultimo tango a Parigi*, e lo porta in una comune, in California.

Christian, poi, ci mette anche molto del suo. Molla la scuola, si sposa, poi divorzia e la moglie mette tra le cause della separazione il fatto che Christian abbia cercato di violentarla e di ucciderla. Spara anche a un suo amico, mancandolo per un pelo. Il problema è la combinazione tra due elementi abbastanza pericolosi, se messi assieme: il fatto che

Christian sia un appassionato di armi e che allo stesso tempo faccia uso di droga.

Il 16 maggio del 1990, sono le undici di sera, Christian Brando è nella villa del padre, un complesso residenziale di tre villette dentro due acri di parco e foresta sulla Mullholland Drive, a Los Angeles. È ubriaco fradicio e in mano ha una calibro 45. Dentro una delle stanze, seduto su un divano, c'è un uomo piuttosto tarchiato e muscoloso, che guarda la televisione e intanto rolla una cartina per farsi una sigaretta. Christian Brando entra come una furia e gli punta l'arma alla testa. – Hai picchiato mia sorella! – grida.

Dall'altra parte della villa, Marlon Brando sente un colpo di pistola. Il posto è grande, ma una calibro 45 fa un sacco di rumore, soprattutto se è notte, e la sentono tutti quell'esplosione, ospiti e domestici. Marlon Brando è tra i primi ad arrivare, vede suo figlio in piedi, con la pistola in mano, e vede quell'uomo sul sofà, con un buco in testa. Cerca di rianimarlo, gli fa anche la respirazione bocca a bocca, ma non c'è niente da fare, e cosí fa chiamare la polizia.

Sembra un film, uno di quelli interpretati da Brando, o anche l'unico interpretato da Christian in età adulta, un film italiano sulla Sacra corona unita, dove faceva un killer di mafia. Questo però non è un film, è la realtà, e infatti l'agente Steve Cunningham, il primo ad arrivare con la pattuglia del 911, mette le manette a Christian, e il detective Steve Osti, della squadra omidici del dipartimento di polizia di Los Angeles, a cui è stato affidato il caso, se lo porta via con l'accusa di omicidio volontario.

– Sí, – dice subito Christian Brando, – gli ho sparato io. Ma non l'ho fatto apposta.

Gli ha sparato lui. Ma perché? E chi è l'uomo tarchiato e muscoloso che avrebbe ucciso?

Christian ha una sorella che si chiama Cheyenne, Tarita Cheyenne Brando, e nemmeno per lei è facile essere la figlia di una star. All'età di undici anni, Cheyenne diceva alle compagne di scuola di essere la ragazza piú bella e intelligente di tutta la Polinesia – viveva anche lei nell'isola privata di Brando – e pure la piú ricca, perché era figlia di un attore famoso. Egoista, megalomane ma fragile e insicura, Cheyenne è una ragazza bellissima, finché un giorno non si sfigura in un incidente d'auto, quando esce fuori strada con la macchina che guida velocissima da ubriaca e sotto l'effetto di stupefacenti. Non resta sfigurata per molto, la chirurgia plastica fa miracoli e a Cheyenne i soldi non mancano, ma se prima era instabile e insicura, adesso lo diventa molto di piú.

Christian adora la sorella. Cosí sfortunata, cosí fragile, cosí bisognosa di protezione. Cheyenne si infila in un guaio dietro l'altro, lascia l'isola vicino a Tahiti per andare a vivere nella villa di Brando a Los Angeles, ma litiga anche col padre. Intanto ha una storia con un vecchio amico d'infanzia e rimane incinta.

L'amico d'infanzia si chiama Dag Drollet. Dag resta un po' con Cheyenne, combatte assieme a lei contro alcolismo, tossicodipendenza, depressione e schizofrenia, tutte cose che non rendono certo facile la vita in comune. – Finisce che ci lasci la pelle, – gli aveva detto suo padre, – vattene, – e infatti Dag non ce la fa e molla Cheyenne. Poi però ci riprova e raggiunge Cheyenne a Los Angeles. Vivono separati, lei in un appartamento in città e lui alla villa di Brando.

Quel 16 maggio del 1990 Christian e Cheyenne sono a cena al Musso and Frank Grill, un ristorante molto esclusivo di Los Angeles. Sono parecchio ubriachi tutti e due, tutti e due abbastanza instabili emotivamente, e Christian ascolta con orrore la storia che Cheyenne gli sta raccontando. Gli sta dicendo che Dag l'ha violentata, l'ha picchiata, la tortura mentalmente e fisicamente. Christian torna a casa. – Non potevo smettere di pensare, – dirà poi. Va a prendere la pistola, entra nella stanza di Dag e gli spara.

La notizia finisce su tutti i giornali e il processo che ne segue diventa uno dei casi dell'anno. Christian finisce dentro, e per evitare che possa eventualmente scappare all'estero il giudice stabilisce una cauzione di dieci milioni di dollari, troppo anche per Marlon Brando. A difendere il figlio Brando chiama un suo amico avvocato, William Kunstler, e lo fa alla Marlon Brando. Gli telefona quella notte stessa e gli dice: «The messenger of misery has visited my house», il messaggero dell'infelicità ha visitato la mia casa.

Che Christian abbia ucciso Dag non è neanche in discussione, come pure il fatto che Dag non abbia mai picchiato Cheyenne e che lei si sia inventata tutto. Il problema è capire cosa è successo esattamente in quella stanza. Christian dice che hanno lottato, che Dag gli ha preso la pistola e che gli è partito un colpo.

Per la procura non è andata cosí. Dag è stato colpito alla testa da dietro, e gli infermieri che sono arrivati con l'ambulanza dicono che non c'erano segni di lotta e che Dag aveva ancora la borsa del tabacco in una mano e il telecomando della Tv nell'altra. Un omicidio, dunque, non un incidente. *First degree murder*, omicidio di primo grado.

Alla procura, però, manca qualcosa. Manca la deposizione di Cheyenne, quello che la ragazza ha raccontato a Christian e il modo in cui lo ha fatto, che sarebbe poi il movente dell'omicidio. Ma Cheyenne non c'è, Marlon Brando l'ha messa su un aereo e l'ha spedita a Tahiti, e da laggiú la ragazza non torna e non rilascia nessuna deposizione.

Non è facile processare Christian e ottenere i sedici anni di carcere che chiede la procura. «Marlon Brando è ricco e famoso e i suoi avvocati sono bravi, – dice il padre di

Dag, – troveranno il modo di tirare fuori Christian». «Questo è il processo a Marlon Brando, – dice l'avvocato dei Brando. – Se Christian fosse stato nero, messicano o povero, con le prove che ci sono non finirebbe neanche dentro».

Alla fine si arriva a un accordo. Nel marzo 1991 Christian si dichiara colpevole di omicidio e viene condannato a dieci anni, da scontare nella colonia penale di San Luis Obispo, in California. Ne sconta la maggior parte, poi esce, si sposa con una ragazza che dice di essere una figlia illegittima di Elvis Presley e finisce nei guai anche con lei, che lo accusa di aver tentato di ucciderla.

Christian muore di polmonite nel gennaio del 2008, all'età di quarantanove anni.

Mentre era in galera gli era arrivata un'altra brutta notizia. Perché se per lui non è facile essere figlio di una star, continua a non esserlo neanche per Cheyenne.

Appena arrivata a Tahiti, prima del processo, mette al mondo il bambino che aspettava da Dag e subito, quando è ancora in ospedale, cerca di uccidersi con una overdose di barbiturici. Non ci riesce, e prima ancora di essere dimessa prova a impiccarsi, ma la salvano anche quella volta. A casa viene guardata a vista, ma non è facile impedire a un vero suicida di uccidersi. Cheyenne ci riesce nel 1995: si impicca a casa della madre.

O. J. SIMPSON

Sotto gli occhi di novantacinque milioni di persone

C'è un fuoristrada bianco, un Bronco della Ford, che sta scappando sull'autostrada inseguito da alcune auto della polizia. È in televisione, in diretta, perché sulla Freeway 405 che attraversa il Sud della California c'è praticamente uno stormo di elicotteri delle stazioni televisive specializzate in notizie che sta riprendendo tutto. Il Bronco bianco davanti, che se ne va, non corre veloce ma scappa, le auto della polizia dietro, col lampeggiante acceso e le sirene, non corrono veloci ma inseguono, e dentro il fuoristrada un uomo al volante e un altro sul sedile di dietro, che gli punta una pistola alla testa. Ecco perché le auto della polizia non hanno già fermato il piccolo Bronco che procede lento, come in un inseguimento al rallentatore. L'uomo con la pistola è un nero grande e grosso, e dalle scritte che scorrono in sovraimpressione e dalla voce dello speaker tutti sanno chi è e come si chiama. Si chiama O. J. Simpson, ed è un ex campione di football. Di piú, un ex eroe del football, iscritto nell'albo d'oro dei professionisti fino dal 1985. Di piú, una star del cinema e della televisione, per aver interpretato pubblicità, programmi sportivi e film con Paul Newman e Steve McQueen, come *L'inferno di cristallo*. Famoso non solo negli Stati Uniti, dove è una specie di idolo, ma in tutto il mondo. Ecco perché quell'inseguimento cosí strano e apparentemente cosí banale è seguito da un'audience di almeno novantacinque milioni di persone.

La storia di quell'inseguimento inizia cinque giorni prima, il 12 giugno 1994, a Brentwood, un quartiere residenziale di Los Angeles.

È mezzanotte e dieci. Due persone passano davanti al Bundy Drive, un condominio di lusso, e notano qualcosa sul vialetto che porta all'ingresso. È una donna, riversa in un lago di sangue. I due chiamano il 911, la polizia arriva di corsa e scopre il corpo di un uomo, anche lui riverso in un lago di sangue, sempre sul vialetto, poco piú avanti. L'uomo e la donna sono stati uccisi a coltellate, parecchie coltellate. Lei ne ha ricevute dodici, un paio alle mani, inferte nell'atto di difendersi, e le altre alla testa e al collo. Una, l'unica mortale, le ha tagliato la gola da parte a parte e cosí profondamente da arrivare a incidere la terza vertrebra cervicale. È morta in un minuto. Lui, invece, ne ha prese venti, alla testa, alla gola, al petto e nella pancia. Di queste, una alla gola e una al ventre sono state mortali. È morto in un minuto e mezzo.

Chi li ha uccisi ha attaccato prima lei, colpendola e lasciandola a terra ferita, è passato a lui, lo ha colpito e lo ha ucciso, poi è tornato su di lei e l'ha finita. Lo fanno pensare le ferite e le tracce lasciate sul luogo del delitto. Nicole era a terra, ferita, a faccia in giú sul selciato. Qualcuno l'ha presa per i capelli, le ha rovesciato la testa all'indietro e le ha tagliato la gola.

Chi li ha uccisi era in preda a una furia scatenata. C'è sangue dappertutto, sotto i corpi, sul vialetto, perfino sul muro. Ci sono impronte di scarpe che si allontanano nel sangue verso il vicolo sul retro del condominio, e accanto alle impronte delle suole ci sono piccole gocce di sangue, come se chi si fosse allontanato avesse tenuto lungo il fianco il coltello che ha ucciso l'uomo e la donna, a sgocciolare per terra. C'è sangue sul menu di un ristorante che sta vicino alla donna e anche su un guanto sinistro, di pelle, abbandonato sul vialetto. C'è tanto sangue, e per fare in modo che il medico legale e gli operatori della scientifica arrivino fino ai corpi senza sporcarsi le scarpe, alcuni agenti poco esperti stendono asciugamani bianchi sul vialetto, cancellando cosí molte tracce utili.

L'uomo ucciso si chiamava Ronald Lyle Goldman, aveva venticinque anni ed era un bel ragazzo, un cameriere che aspirava a fare il modello e intanto lavorava al ristorante Mezzaluna. La donna, invece, aveva trentacinque anni, ed era una bella donna, alta e bionda, di origine tedesca. Si chiamava Nicole Brown ed era la ex moglie di un uomo molto famoso. O. J. Simpson.

Quando la polizia riesce a contattarlo per raccontargli quello che è successo, O. J. si trova a Chicago, dove era arrivato quella notte stessa perché il giorno dopo doveva partecipare come ospite a un raduno della compagnia di auto a noleggio Hertz. Alle 7,30 del mattino squilla il telefono della sua camera all'O'Hare Plaza Hotel, e già alle 11,08 minuti O. J. scende al Los Angeles International Airport di Los Angeles. Alle 11,30 incontra i poliziotti, che gli fanno scattare le manette attorno ai polsi e lo portano in centrale.

Perché non l'hanno chiamato solo per avvertirlo della morte di Nicole. Lo sospettano dell'omicidio di sua moglie e di Ronald Goldman.

È un'idea che è venuta subito in mente agli investigatori di Los Angeles ovest che alle due del mattino sono arrivati sul luogo del delitto. I detective Mark Fuhrman, Phil Vannatter e Tom Lange. E Ron Phillips, il loro capo alla omicidi. Appena scoprono che la donna uccisa è la moglie di O. J. vanno subito a casa sua, al residence di Rockingham, per avvertirlo. Le luci della villetta sono accese, ma O. J. non risponde quando suonano il campanello o bussano alla porta.

Non c'è, non è in casa, in quel momento è già sceso dall'aereo che lo ha portato fino a Chicago. Parcheggiata accanto alla villa c'è un Ford Bronco bianco. Il detective Fuhrman lo nota perché è parcheggiato in modo strano, come se fosse stato lasciato lí in fretta, contro il marciapiede. Il detective si avvicina al Bronco e nota una macchia scura sulla portiera dal guidatore. Sembra sangue, come sembrano macchie di sangue alcune impronte sulla soglia della villetta.

Non hanno un mandato e non potrebbero entrare, ma gli agenti lo fanno lo stesso. Il detective Fuhrman scala il muro di cinta della villetta e va a suonare alla porta, senza che nessuno risponda. Poi va a perlustrare un vicolo dietro la villetta e trova un guanto insanguinato, ma non fuori, dentro. Un guanto destro, che corrisponde esattamente a quello trovato al condominio Bundy. Non solo, ci sono anche altre macchie di sangue nella strada vicino al Bronco e sul vialetto della villa, per cui da quel momento anche la villetta di O. J. al residence di Rockingham diventa una scena del delitto e viene messa sotto sequestro.

O. J. Simpson viene interrogato alla centrale di polizia di Los Angeles ovest dai detective Vannatter e Lange. Da solo, senza la presenza di un avvocato, che comunque O. J. non ha richiesto. Tra le domande che gli fanno ce n'è una su uno strano taglio che O. J. ha sul medio sinistro. Simpson dice che se lo è fatto in albergo, a Chicago, rompendo un bicchiere.

A carico di O. J. come sospettato del duplice delitto non ci sono solo le macchie di sangue. C'è anche la sua relazione con Nicole. Il suo matrimonio e il suo divorzio. Quello che è successo dopo.

O. J. aveva sposato Nicole nel 1985. La conosceva dal '77, quando lei aveva ancora diciotto anni ed era la reginetta della scuola, la Dana High Point School, a Los Angeles.

Nicole e O. J. hanno una bambina, Sidney, e un bambino, Justin, poi il matrimonio non funziona piú e nel '92 divorziano. Eppure sembravano cosí felici. Nicole se ne andava in giro con una Ferrari bianca con la targa personalizzata: L84AD8, letto *l-eight-for-a-d-eight*, che in inglese significa «tardi per un appuntamento». Ma le cose non vanno bene, e nel 1989, la mattina del primo dell'anno, dopo un litigio, O. J. picchia Nicole, tanto che la corte lo condanna a farsi un periodo di terapia presso uno psichiatra. Dopo il divorzio le cose vanno peggio. O. J. è gelosissimo. Costringe il baby sitter di Nicole, Brian Kaelin detto Kato, a lasciare il condominio Bundy, in cui vive lei, e a trasferirsi al Rockingham, dove vive lui. E poi è ancora violento.

Al 911 hanno una chiamata registrata. O. J. ha trovato un album di foto di un vecchio fidanzato di Nicole ed è andato su tutte le furie. Nicole lo chiude fuori di casa e chiama la polizia. È terrorizzata. Si è chiusa di sopra con i bambini e vuole che mandino qualcuno a casa perché ha paura, c'è O. J. fuori che la sta insultando con i vicini, urla e picchia sulla porta come se volesse buttarla giú. Piange, Nicole, mentre l'operatore del 911 le chiede con estrema professionalità se O. J. sia armato, se sia ubriaco o sotto l'effetto di stupefacenti, e se sia lui quello che sente urlare in sottofondo, finché alla fine non arriva la volante con gli agenti, e Nicole può scendere di sotto. Di chiamate cosí, da Nicole, il 911 ne riceve almeno altre otto.

Secondo i detective della omicidi c'è qualcosa che non va anche nei movimenti di O. J. quella notte, e nel suo alibi. Quella sera c'era stato il saggio di danza di Sidney. O. J. c'era andato e l'aveva seguito assieme a Nicole e al resto della famiglia. Poi li aveva lasciati, si era fatto portare da Kato Kaelin a un McDonald's dove aveva preso un hamburger che aveva mangiato sulla strada di casa, perché alle 11,45 aveva l'aereo per Chicago. Kato lascia O. J. a Rockingham alle 9,40. Alle 10 O. J. fa una telefonata alla sua fidanzata del momento, Paula Barbieri, ma la fa dal telefono che ha montato sul suo Bronco.

Intanto Nicole, Sidney e un'altra decina di persone fra parenti e amici va a mangiare al Mezzaluna per una cena alla quale, naturalmente, O. J. non è stato invitato. Ci stanno dalle 7 alle 8,30, poi Nicole va a prendere un gelato con i bambini e torna a casa.

Attenzione, adesso. Alcuni testimoni dicono di aver sentito abbaiare un cane al condominio Bundy tra le 10,15 e le 10,20, e un vicino dice di aver visto il cane di Nicole, un grosso akita bianco e marrone, correre libero per la strada attorno alla 10,45, col pelo sporco di sangue. A mezzanotte e dieci, due passanti vedono i corpi di Nicole e Ronald Goldman e chiamano la polizia.

Intanto, alle 10,25, a casa di O. J. a Rockingham, c'è Allan Park, che fa l'autista di limousine per la Town and Country ed è andato a prendere O. J. per portarlo all'aeroporto. Allan suona il campanello e aspetta, ma dalla villa non esce nessuno. Resta lí per una mezz'oretta, a suonare e aspettare, fino alle 10,54, quando vede un uomo piuttosto grosso e di colore correre verso la villetta. A quel punto le luci del parco si accendono e O. J. risponde al citofono dicendo che arriva subito. E arriva, vestito per il viaggio e con quattro valigie. Partono di corsa per l'aeroporto e O. J. fa in tempo a prendere il suo aereo.

Perché sono importanti gli orari? Perché i detective della omicidi di Los Angeles ovest sono convinti che O. J. abbia ucciso Nicole e Ronald Goldman per gelosia, lo abbia fatto attorno alle 10,15 e poi sia scappato, si sia disfatto dell'arma del delitto e sia tornato a casa di nascosto. E portano a sostegno anche la testimonianza di Kato, che dice di aver sentito dei rumori sul retro della villetta di O. J. attorno alle 10,52.

Cinque giorni dopo il delitto, la procura convoca O. J. per notificargli l'accusa di duplice omicidio nei confronti di Nicole Brown e Ronald Goldman. O. J. non si presenta all'appuntamento e scappa con il Bronco, puntando una pistola alla testa di A. C. Cowlings, suo amico d'infanzia e compagno di squadra, sotto le telecamere delle televisioni, finché la polizia non lo ferma sulla 405.

O. J. si ritrova davanti al giudice con l'accusa di duplice omicidio di primo grado. Il 22 luglio 1994 si dichiara *not guilty*, non colpevole. Il 24 gennaio 1995 inizia il processo.

Inutile dire che è un «processo del secolo», paragonabile soltanto a quello che nel '58 vide la figlia di Lana Turner, Ceryl, sul banco degli accusati per aver ucciso l'amante della madre, il gangster Johnny Stompanato. O quello che, pochi anni dopo O. J., vedrà il cantante Michael Jackson accusato di abusi sessuali su un minorenne. Il processo a O. J. viene seguito e trasmesso in diretta sulle televisioni ogni giorno per tutti i duecentocinquantatre giorni che è durato. A parte O. J., che lo è già, i protagonisti, dal giudice ai rappresentanti dell'accusa e della difesa, ai periti e ai testimoni, diventano tutti delle star.

Da una parte, a sostenere lo Stato contro Oriental James Simpson c'è una donna, Marcia Clark. Marcia è bianca, gelida, dura e sempre elegante, parrucchiere e abito nuovo quasi a ogni udienza. Ha quarantuno anni, ha divorziato due volte e da quando è entrata nell'ufficio del procuratore distrettuale, dieci anni prima, non ha mai perso un processo. Con lei c'è Christopher Darden, piú giovane e meno duro, ma soprattutto nero.

Dall'altra parte c'è un pool di avvocati, investigatori privati ed esperti guidato da un veterano dei tribunali come Robert Shapiro, ebreo, bianco, stratega, gran parlatore, abilissimo a convincere chiunque di qualunque cosa. Assieme a lui c'è Johnnie Cochran junior, di Los Angeles, che dopo un inizio di carriera in procura alla metà degli anni Settanta è passato alla difesa. Cochran è abilissimo nel contraddittorio ed è dotato di un'ironia pungente che diverte pubblico e giuria e manda in bestia procuratori e testimoni. Ed è nero.

A presiedere il tribunale c'è il giudice di origine giapponese Lance Ito, famoso per essere un uomo tranquillo e compassionevole. Poi c'è la giuria, dodici persone, otto donne e quattro uomini, otto neri afroamericani, un bianco caucasico, un ispanico e due meticci. Che però subito cambia per motivi tecnici: sette neri, quattro bianchi e un ispanico. Non sono dettagli. È importante la composizione razziale della giuria, come anche le origini etniche dei protagonisti. Perché ben presto il processo a O. J. Simpson diventa anche un processo dai risvolti razziali.

Contro O. J. Marcia Clark gioca le prove raccolte dai detective: le macchie di sangue, le tracce rilevate sul luogo del delitto, a casa di O. J. e nella Bronco, la ferita al dito medio e il sangue nel guanto. L'esame del Dna che porta O. J. sul luogo del delitto. I tempi, che dimostrerebbero la mancanza di alibi di O. J. e la possibilità per lui di commettere il delitto. Un coltello, che i periti dell'accusa considerano l'arma del delitto, che appartiene a O. J. E poi il suo rapporto con la ex moglie, il suo comportamento brutale, il suo essere un uomo violento che picchia una donna indifesa. L'essere stato rifiutato alla cena dopo il saggio della figlia sarebbe stata la causa scatenante per l'ultima crisi di gelosia violenta contro Nicole, e il povero Ronald Goldman si sarebbe trovato nel posto sbagliato al momento sbagliato.

A favore di O. J. Shapiro e Cochran rispondono con una serie di confuse contraddizioni che hanno distinto le indagini nell'immediatezza del delitto. Fin dall'inizio, dicono, il caso Simpson è stato un enorme pasticcio. La perquisizione fatta a casa di O. J. a Rockingham è stata effettuata senza un mandato, gli elementi di prova non sono stati rilevati correttamente, i rapporti dei detective sono pieni di contraddizioni. Secondo i periti della difesa, l'autopsia sposterebbe piú avanti l'ora della morte restringendo i tempi per O. J., che non avrebbe potuto tornare a casa, ripulirsi, cambiarsi e presentarsi all'appuntamento con Allan Park, l'autista della limousine che lo stava aspettando. Presentano anche un videotape che mostra O. J. al saggio della figlia, sereno e tranquillo.

Ma la carta piú importante che Shapiro e Cochran giocano contro Marcia Clark è il detective Fuhrman, che a un certo punto diventa suo malgrado quasi un teste della difesa. Non hanno solo fatto un pasticcio i detective della omicidi di Los Angeles. Hanno addirittura falsato le prove, soprattutto Fuhrman. Perché? Perché è un razzista. Fuhrman nega. Mai stato razzista. Mai parlato male delle persone di colore. Mai usato la parola «negro» per indicare una persona di colore. Lo giura in tribunale. Poi però salta fuori una serie di audiocassette. Perché c'è una ragazza che si chiama Laura Hart McKinny che vuole scrivere una sceneggiatura per un film poliziesco e ha fatto una serie di interviste a poliziotti. Ha tredici ore di conversazione, parecchie proprio con il suo amico detective Fuhrman. Che usa la parola «negro» per quarantadue volte, e mica alla leggera. Dice che quella storia di raccogliere fondi per le popolazioni colpite dalla carestia in Etiopia, per esempio, è una sciocchezza. Sono solo un «mucchio di negri scemi», e sarebbe meglio lasciarli morire tutti e usarli come fertilizzanti. Non basta. Racconta a Laura anche come si lavora a volte nella polizia. Cita diciotto casi in cui, se le prove non ci sono ma si è sicuri del colpevole, be', in qualche modo le prove saltano fuori. Sentito in tribunale a proposito delle audiocassette, il detective Fuhrman si appella al Quinto emendamento, che gli permette di non rispondere per non farsi incriminare.

Sono cose che colpiscono, specie se udite in tribunale da una giuria come quella, in un caso come quello in cui un eroe dello sport di colore viene contrapposto a un poliziotto bianco razzista. Il processo assume un risvolto pesantemente politico. Parte dell'opinione pubblica bianca vede in O. J. un uomo brutale che picchia la moglie e che sta cercando di farla franca grazie al fatto di essere famoso e potente. Per alcuni dei bianchi colpevolisti, quelli piú razzisti, O. J. è un «negro ricco» che dovrebbe finire in galera. Parte dell'opinione pubblica nera lo vede invece come una vittima degli abusi della polizia e molti si riconoscono in lui. La reale consistenza delle accuse perde importanza e il fatto di credere se ci siano o no abbastanza prove per condannarlo diventa inconsapevolmente una scelta politica. E tutto questo in una città che non può dimenticare i *riots*, i disordini che nel 1992 scoppiano nel ghetto nero di South Central dopo l'assoluzione dei quattro poliziotti che sotto l'occhio di una telecamera pestano selvaggiamente Rodney King, l'uomo di colore che hanno appena fermato. Cinquantotto morti, centinaia di feriti e un miliardo di dollari di danni.

Il 3 ottobre 1995, dopo duecentocinquantatre giorni, la giuria, che per tutto il tempo è stata praticamente sequestrata in un albergo vicino al tribunale, si ritira per emettere la sentenza. A decidere ci mette poco piú di tre ore, sorprendendo sia l'accusa che la difesa.

Not guilty.

Oriental James Simpson è innocente. Il caso è chiuso.

L'istrionico avvocato Cochran ha battuto l'algida procuratrice Clark. Ma ci sono alcuni strascichi, sia politici che giudiziari. La sentenza non convince i colpevolisti, naturalmente. O. J. è un violento che grazie alle conoscenze giuste, ai soldi e agli avvocati è riuscito a farla franca. Oppure, semplicemente, un «negro ricco» che ha fregato il sistema. Gli innocentisti esultano, con feste e manifestazioni di giubilo per le strade della comunità nera.

Dal punto di vista giudiziario, invece, la situazione si complica. O. J. è stato assolto in sede penale per la morte di Nicole e Ronald Goldman. Ma c'è un processo in sede civile, per il quale un'altra giuria di dodici persone deve decidere se O. J. sia responsabile e nel caso a quanto ammonti il risarcimento che deve pagare alle famiglie delle vittime. La giuria convocata dalla corte suprema presso il tribunale di Santa Monica, in California, si ritira e resta in camera di consiglio dodici ore. Quando esce, il 4 febraio 1997, ha un verdetto unanime, che risponde *yes*, sí, alle otto domande del questionario, da: «Trovate una preponderanza di prove che dimostrano che l'imputato O. J. Simpson ha causato la morte» eccetera, fino a: «Siete in grado di stabilire l'ammontare della cifra che i parenti» eccetera. *Yes* a tutto, e sotto l'ultima domanda un numero: otto milioni e mezzo di dollari. Per i familiari di Goldman. Per quelli di Nicole devono ancora stabilire la cifra, che alla fine, sommata a quella precedente, arriverà fino cinquantasette miliardi di lire.

Per il processo penale O. J. è innocente e quindi niente galera.

Per quello civile è colpevole e quindi un sacco di soldi.

Caso chiuso. Qualche mese dopo il tribunale pignora i beni di O. J., stabilendo quali devono essere messi all'asta. Tra questi un set di sei borse in pelle con centoquattro mazze da golf, una cassaforte laccata in stile cinese, una lampada di cristallo e una statua di bronzo raffigurante l'ex campione.

TUPAC SHAKUR

Quando sei fermo a un semaforo di Flamingo Road

Sembrano gangster, hanno nomi da gangster e si comportano come gangster. Si muovono in gruppo, su auto blindate dai vetri oscurati, accompagnati da guardie armate che portano addosso i colori dei Bloods e dei Crips, le due principali gang giovanili degli Stati Uniti. Sono le star del *gangsta rap*, e se bastassero atteggiamenti, aspetto e nomi strani a rappresentare una prova di colpevolezza, allora anche tutto il rock, dall'heavy metal al punk, dovrebbe essere condannato. L'abito non fa il monaco, si sa, ma a volte capita che sotto la tonaca il monaco ci sia davvero.

Sono le 23,17 del 7 settembre1996 e siamo a Las Vegas. C'è una Bmw 750 nera alla testa di un corteo di van, navigator e macchine di proprietà di una delle maggiori case discografiche di rap della West Coast. Death Row, si chiama, braccio della morte, e come logo ha un uomo con un cappuccio nero seduto su una sedia elettrica. Nella Bmw, al volante, c'è il padrone della Death Row, Marion «Suge» Knight, «Suge» sta per *sugar bear*, orsacchiotto di zucchero, il soprannome che ha fino da bambino, anche se cosí grosso e cosí calvo e con tutti quei muscoli messi su quando faceva la guardia del corpo al cantante Bobby Brown, non sembra proprio un orsacchiotto. Dicono che quei vestiti rossi che porta siano in onore dei colori dei Bloods di Piru Street, il quartiere di Compton in cui è nato, in California. Dicono pure che la Death Row sia nata con i soldi di uno spacciatore di droga che stava in galera, un milione e mezzo di dollari, un buon investimento visto il successo della casa discografica che produce rapper del calibro di Snoopy Dog, Dr Dre e Tupac Shakur.

Accanto a Suge che sta al volante nella Bmw nera c'è proprio Tupac, che in quel momento, con album come *All Eyez on Me* è in testa alle classifiche di tutto il mondo. Stanno andando a un club che si chiama 662, come il codice che si usa in California per indicare il braccio della morte, e forse stanno parlando di dischi di platino e Mtv Awards, o del processo d'appello di Tupac, che è stato condannato a quattro anni e mezzo per violenza carnale ma è fuori grazie al milione e quattrocentomila dollari che Suge ha versato di cauzione. O forse si ricordano di un paio d'ore prima, quando una delle guardie del corpo di Suge aveva riconosciuto in un tizio nella hall dell'Mgm Grand Hotel, Orlando Anderson, un membro della gang dei Crips che lo aveva rapinato per la strada qualche mese prima. Le guardie del corpo di Suge lo avevano pestato per bene, quel tipo, e nelle registrazioni delle telecamere di sicurezza ci sono anche Suge e Tupac a picchiarlo. La Bmw nera si ferma a un semaforo di Flamingo Road. C'è un'auto piena di belle ragazze dalla parte di Suge e Tupac si sporge sul volante per parlare con loro. Sono carine, lui è Tupac Shakur, è ricco, è famoso, è bravo, e non si accorge che da destra sta arrivando un'altra auto, una Cadillac bianca. È da lí che partono alcuni colpi di pistola. Appena li sente Tupac cerca di saltare sul sedile di dietro, ma non fa in tempo e si prende quattro colpi nel petto. Suge è ferito alla testa, leggermente, riesce a guidare la Bmw attraverso il traffico congestionato di Flamingo Road e a infilarsi in un vicolo, protetto da tutta la carovana dei mezzi della Death Row. Tupac resta sei giorni in agonia all'ospedale dell'università, finché la madre non dà il permesso di sospendere le terapie di rianimazione «per lasciare libero il suo spirito».

Tupac aveva un amico, un altro rapper famoso che si chiama Notorious B.I.G., un ragazzone enorme che sta avendo un grande successo incidendo per la Bad Boy Entertainment, una della maggiori case discografiche della East Coast e principale concorrente della Death Row nel campo del rap. La Bad Boy appartiene a un'altra star dell'hip hop, Sean «Puffy» Combs, detto anche Puff Daddy e poi P. Diddy. Viene anche lui dai bassifondi, suo padre era uno spacciatore di droga di Harlem e, a differenza di Suge, Puff da ragazzo ha fatto il chierichetto e si è laureato in Economia alla Howard University. Ma anche di lui si dicono cose strane. Si dice che la sua casa discografica sia vicina ai Crips, che gli affiliati alla gang siano usati come guardie del corpo di Puff e dei suoi artisti, e lui stesso viene arrestato per possesso illegale di arma da fuoco dopo una sparatoria all'uscita di un club di Manhattan, dove si trovava con Jennifer Lopez, la sua fidanzata. Come Suge, anche Puff nega sempre, i testimoni non parlano, le prove non reggono in tribunale e le accuse decadono, ma la loro rivalità è innegabile. Un giorno sono tutti e due al Platinum House, ad Atlanta, alla festa di un produttore, quando fuori scoppia una rissa tra le rispettive guardie del corpo. Si mettono tutti a sparare, e un Blood che lavora per Suge resta a terra morto.

Tupac e Notorious si ritrovano prigionieri della rivalità tra la Death Row e la Bad Boy, e passano il tempo a scambiarsi insulti e accuse. Tupac ha anche scritto una canzone, *Hit 'em Up*, in cui insinua di essersi fatto la moglie di Notorious. Sono in molti a sospettare di lui per la morte di Tupac, ma Notorious non era neanche a Las Vegas quel giorno, era a New York a registrare un disco e quella sera era a casa con amici, a guardare l'incontro di Mike Tyson in Tv.

Sei mesi dopo, anche Notorious B.I.G. è fermo a un semaforo. È in una Gmc Suburbans verde scuro, seduto accanto all'autista. Dietro la sua auto c'è un'altra Suburbans nera con sopra Puff Daddy e altri della Bad Boy, e dietro di loro una Ford Blazer piena di guardie del corpo. Stanno andando a un party, Notorious non ne aveva voglia perché la sera prima, presentando i Soul Train Music Awards lí a Los Angeles, era stato fischiato dalla folla che lo considerava responsabile della morte di Tupac, ma Puffy aveva insistito, perché stava per uscire il disco nuovo di Notorious, *Life After Death 'Till Death Do Us Part*, e quei party erano tutta promozione. Cosí Notorious è nella sua auto, fermo al semaforo della Fairfax Avenue, lo stereo che pompa fuori a tutto volume le note rap del suo album nuovo, quando si accorge che c'è qualcuno in strada che lo sta chiamando. Pensa sia un fan, abbassa il finestrino e in quel momento si affianca una Chevrolet Impala scura da cui partono alcuni colpi di pistola calibro 9. È difficile mancare uno come Notorious, che si prende tutti i proiettili nel petto, e quando Puff Daddy e gli altri scendono di corsa dalle auto e arrivano alla Suburbans, Notorious è già morto e la Chevrolet è sparita.

Sembrano scene di un film, solo che non si svolgono tra i vicoli di Los Angeles o di Washington, ma tra club piú esclusivi, ville miliardarie e set di videoclip in cui ragazze bellissime sculettano a tempo di rap sul bordo di una piscina. Va bene, ma Tupac e Notorious perché sono morti?

Ci sono parecchie ipotesi. La prima: ad ammazzare Tupac sono stati i Crips di Las Vegas per vendicare il pestaggio di Orlando Anderson. Di piú, si sarebbero messi d'accordo con Notorious, a cui la morte di Tupac avrebbe fatto piacere, tanto che gli avrebbe dato anche la sua Glock calibro 40 per compiere l'omicidio. La morte di Notorious sarebbe venuta di conseguenza, per ordine di Suge, che avrebbe mandato un Blood a uccidere la star della Bad Boy, occhio per occhio dente per dente. La seconda ipotesi attribuisce l'omicidio di Tupac a Suge, perché il rapper stava litigando col manager, chiedeva piú soldi e voleva rompere il contratto. Stessa motivazione per Puff Daddy nei confronti di Notorious, che come Tupac, a quel punto, avrebbe avuto valore piú da morto che da vivo. E c'è una terza ipotesi: i veri bersagli degli agguati erano Suge e Puff, i generali di una guerra tra le etichette discografiche delle due coste che si combatteva non solo a colpi di dischi di platino, e Tupac e Notorious sarebbero stati uccisi per sbaglio.

Ma restano soltanto ipotesi. Qualunque cosa sia successa, Marion «Suge» Knight e Puff Daddy non sono gangster di strada ma ricchissimi imprenditori del mondo musicale, amici di persone importanti, come un procuratore distrettuale di Los Angeles la cui figlia diventa proprio in quei giorni la prima rapper bianca nell'etichetta discografica di Suge.

Per gli altri è diverso. Per i semplici «figli della giungla», «gli animali», come sono stati chiamati dalla legge, è un'altra cosa. Come per Stanley Tookie Williams, per esempio, che quando era un Crip uccise quattro persone, poi è cambiato, e tra libri e discorsi si è dato tanto da fare contro la violenza da mettere fine alla guerra che opponeva da anni i Crips e i Bloods ed è stato proposto per cinque volte come Nobel per la pace. Ma Tookie è solo Tookie, e da venti anni attende nel braccio della morte di San Quintino il giorno ormai vicinissimo in cui si troverà sul lettino per l'iniezione fatale, quasi come quel tizio incappucciato sulla sedia elettrica nel logo della Death Row.

JAM MASTER JAY

Suonano alla porta, in uno studio dei Queens

All'inizio la scena è quella che si potrebbe vedere nel backstage della realizzazione di un disco, uno di quei video che si trasmettono negli speciali di Mtv.

È il 30 ottobre del 2002. Siamo nella sala di registrazione di un attrezzatissimo studio nei Queens, a New York. Mixer, consolle, file interminabili di cursori, le lucine dei led che si accendono e si spengono. Sono le sette e mezzo di sera e in quel momento non sta suonando nessuno. Rusty Waters e il suo gruppo sono in pausa, e lo zio di Rusty, che produce il suo disco a metà fra techno e hip hop, sta al di là del vetro, a giocare alla PlayStation con un amico.

Qualcuno suona alla porta degli studios. Sono due pony express che devono consegnare un pacco. Ma perché due pony express? In genere vanno in giro da soli. Non se lo chiede nessuno, sono due ragazzi di colore, hanno la pettorina del pony, hanno un pacco, che entrino pure.

All'improvviso, però, i due ragazzi tirano fuori le pistole e si mettono a sparare su tecnici e produttori. Feriscono cinque persone, ma non sono loro che vogliono. Puntano diritti nella saletta in cui lo zio di Rusty sta giocando alla PlayStation, lo cercano, lo individuano, grosso, nero, con un pizzetto sottile che gli gira attorno al mento rotondo. È lui. Gli si avvicinano e gli sparano un colpo in testa. Calibro 40, a bruciapelo, sul lato sinistro del cranio.

È cosí che muore Jason Mizell, piú noto con un altro nome, come si usa nell'ambito dell'hip hop, dove lo conoscono tutti.

Perché lo zio di Rusty è Jam Master Jay, uno dei fondatori dei Run Dmc, uno dei piú famosi gruppi rap di New York degli anni Novanta. Sono quei tre vestiti di nero con i catenoni d'oro al collo, i cappelli Fedora dalla testa rotonda e le scarpe da ginnastica Adidas, quelli di *Walk this Way* cantata assieme a Steven Tyler degli Aerosmith, i protagonisti di quella che viene chiamata l'età dell'oro dell'hip hop.

Ma perché hanno sparato a Jam Master Jay? E perché non è l'unico a cui sia successa una cosa del genere? Perché sempre piú spesso negli studi di registrazione rap e hip hop si svolgono scene che piú che al backstage di un disco somigliano a un film di gangster?

Prima di Tupac Shakur e Notorious B.I.G., infatti, anche Randy «Stretch» Walker – amico di Tupac, passato dalla sua etichetta discografica a quella di Notorious – è già stato ammazzato: nel novembre del '95, quando tre uomini gli sparano dal finestrino di una macchina in corsa mentre è alla guida del suo minivan. Nel giugno del 2001 viene ammazzato un altro rapper di New York, E-Money Bags, a cui sparano mentre sta in macchina.

A Curtis James Jackson III, piú noto come 50 Cent, prima tirano una coltellata, poi, nel maggio del 2000, gli sparano nove colpi di pistola da una macchina nella 161 strada, a New York, e lo mandano all'ospedale per mesi. Si chiama cosí per quello, 50 Cent, il costo di una pallottola.

Poi c'è Jam Master Jay, un colpo alla testa dai finti pony express.

Perché tutta questa violenza? La risposta, forse, può venire da un dettaglio, e può darla proprio Jam Master. Nello stile dei Run Dmc c'è quello di portare le Adidas, ma di portarle rigorosamente slacciate. È in omaggio ai detenuti, a cui si tolgono i lacci quando entrano in carcere. Perché è questo lo stile dell'hip hop di quegli anni, il *gangsta lifestyle*, lo stile di vita gangster, lanciato dalle case discografiche come la Bad Boy Records, *bad boys*, ragazzi cattivi, delinquenti, o la Death Row Records, *death row*, braccio della morte, o anche la Murder Inc., che da noi si chiamerebbe quasi Anonima Assassini. È chiaro, è un atteggiamento, che resta solo quello per artisti e fan, ma che diventa una realtà quando chi lo pratica è davvero un gangster, anche se musicista.

Molte star vengono dalla strada e piú o meno lí tornano quando escono dagli studi di registrazione. O di galera. E molte etichette musicali nascono e si reggono sul riciclaggio dei soldi dello spaccio, difese da security che sembrano un piccolo esercito privato, reclutate tra i membri delle gang di New York e di Los Angeles. Non è mica tutto cosí, naturalmente, l'hip hop non è la camorra o cosa nostra, per carità, e stiamo parlando sempre di musica, e musica importante.

Ma quando i contrasti tra rapper – i *beefs*, come si chiamano in slang hip hop i versi di insulti reciproci inseriti nelle canzoni – diventano sparatorie e morti ammazzati, allora piú che di musica si può cominciare a parlare di faida, come per la camorra o cosa nostra.

Ma perché l'hanno ammazzato Jam Master Jay? E chi è stato?

Il dipartimento di polizia di New York cerca di districarsi fra le *rivals*, le rivalità fra gruppi musicali ed etichette discografiche, segue le piste piú concrete del traffico di droga nelle strade del Bronx e dei Queens e va a perquisire gli studi della Murder Inc., la casa discografica dei fratelli Gotti, che non hanno niente a che vedere col boss italoamericano

John Gotti, Chris e Irv sono due ragazzi neri di New York. Però l'Nypd li sospetta di riciclare la montagna di denaro sporco che arriva dallo spaccio di eroina e cocaina degli uomini di Kenneth «Supreme» McGriff, un nero ben piantato e dall'espressione durissima, che dovrebbe essere un produttore di musica e film ma secondo l'Fbi è uno dei piú grossi spacciatori di droga di New York.

Supreme McGriff avrebbe fatto sparare a 50 Cent, che stava denunciando la sua attività di boss della criminalità nera nella sue canzoni, avrebbe ammazzato E-Money Bags e avrebbe mandato due killer a sparare anche a Jam Master Jay, che stava pure lui in una lista nera di gente da ammazzare per coprire i suoi traffici e fare favori agli amici rapper.

Nel 2005 Supreme, il re dei Queens, come lo chiamano, è condannato all'ergastolo per l'omicidio di E-Money Bags e quello di un suo amico, ma se la cava per quello di Jam Master Jay. Nel 2007 il procuratore distrettuale di New York accusa ancora un altro membro della malavita organizzata nera dei Queens, Ronald «Tenard» Washington, di essere uno dei pony express che hanno sparato a Jam Master mentre giocava alla PlayStation. Lo avrebbe ammesso lui, mentre era in prigione, durante l'interrogatorio per un altro crimine. «Ma guarda, – avrebbe detto Washington, – credevo che mi voleste incastrare per aver ammazzato Master Jay». E anche un altro rapper, Randy Walker, l'amico di Tupac Shakur.

Intanto, in attesa che il mistero del suo omicidio venga in qualche modo risolto, Jam Master Jay continua a farsi sentire nei dischi dei Run Dmc, che dopo la sua morte si sono sciolti definitivamente.

In *Run Dmc*, l'album di esordio del gruppo, c'è una canzone che presenta il nuovo arrivato che si è unito a Darryl «Dmc» McDaniels e Joseph «Run» Simmons. Si chiama *Jam*

Master Jay, appunto, e dice: *Jam Master Jay, this is his name*, «Jam Master Jay, questo è il suo nome, e tutti i selvaggi Dj lui domerà, dietro i piatti è dove sta...» *So when asked who's the best, y'all should say: Run Dmc and Jam Master Jay*, «cosí quando vi chiedono chi è il migliore, tutti griderete: Run Dmc e Jam Master Jay».

DIMEBAG DARRELL

Con un cuore due volte la misura del Texas

Succede di tutto ai concerti, e piú sono selvaggi, tipo hard core, heavy metal o punk, piú ne capitano, sia tra il pubblico che sul palco. Ozzy Osbourne che mangia un pipistrello vivo, per esempio, Maurizio dei Krisma che si taglia un dito, ma anche assoli eccezionali o cover incredibili, e sotto il palco risse o amori che nascono. Ma di trovarsi all'improvviso in un film alla Tarantino, in una di quelle scene in cui tutti sono immobili a puntarsi in faccia le pistole, è probabile che neanche il centinaio di persone che l'8 dicembre del 2004 affollava l'Alrosa Villa di Columbus, nell'Ohio, ci avesse mai pensato.

Sul palco, stesi a terra, ci sono già quattro morti. In piedi c'è un ragazzone bianco che ha afferrato un uomo e gli punta la pistola alla testa. Davanti ha un poliziotto con un fucile a pompa puntato contro di lui. Tutti e due immobili in mezzo alla gente che urla e scappa, il dito sul grilletto, ad aspettare, proprio come in un film. Perché? Cos'è successo?

Per arrivare a questa scena bisogna tornare indietro e focalizzare l'attenzione su due persone. Il primo è uno degli uomini stesi a terra sul palco, in un lago di sangue. È riverso sulla sua chitarra. Si chiama Darrell Lance Abbot, ma ha cambiato parecchi nomi d'arte. In quel momento si faceva chiamare Dimebag. Dimebag Darrell.

Dimebag Darrell è uno dei migliori chitarristi di heavy metal che siano mai esistiti, il settimo nel mondo, secondo la rivista «Guitar World». Aveva cominciato già da piccolo, in Texas, come autodidatta, poi era diventato sempre piú bravo, sempre piú potente, sempre piú veloce. Si era scelto un nome, Diamond Darrell, e insieme a suo fratello Vinnie Paul aveva messo insieme una band, che presto avrebbe occupato un posto leggendario nella storia dell'heavy metal: i Pantera.

L'altro uomo che ci interessa, invece, è ancora vivo. È il ragazzone biondo con la pistola in mano, nascosto dietro l'ostaggio.

Si chiama Nathan Gale, ed è un ex marine. In apparenza è un tipo tranquillo: diploma al college, semiprofessionista di football, arruolamento, specializzazione come meccanico a Camp Lejeune, nel Nord Carolina. Una sola grande passione: i Pantera. Li ascolta in continuazione, li sentiva al college, quando si preparava per le partite, li ascoltava in caserma, li ascolta a casa, dopo che si è congedato dai Marines. I Pantera. La voce potente e rabbiosa di Phil Anselmo, la ritmica serrata di Vinnie Paul e gli assoli velocissimi di Dimebag Darrell.

Sí, perché nel frattempo Darrell ha cambiato nome e da Diamond è passato a Dimebag, che nello slang texano indica un tipo di marijuana. Anche i Pantera sono cambiati, hanno cambiato cantante, è arrivato Anselmo e la loro musica ha preso un taglio piú veloce e distorto, piú aggressivo, piú *trash*. Escono album come *Cowboys from Hell*, cowboy dall'inferno, sempre piú estremi, che li portano ai vertici del genere.

Poi, piano piano, le cose si guastano. Phil Anselmo va in overdose dopo un concerto, ci lascia quasi la pelle, si riprende, ma i rapporti con gli altri non sono piú gli stessi. Nel 2003, dopo litigi e contrasti anche di tipo legale, la band si scioglie definitivamente. Phil Anselmo se ne va per i fatti suoi, Darrell suona per un anno come guest star in altri gruppi e poi, assieme al fratello, ne fonda un altro: i Damageplan. Meno estremi dei Pantera, certo, ma forti lo stesso. Il primo disco che pubblicano, *New Found Power*, parte subito benissimo.

Ma non tutti i fan seguono Darrell con i Damageplan. Alcuni stanno con Anselmo, altri si fermano a *Reinventing the Steel*, l'ultimo album dei Pantera. Qualcuno, invece, non si rassegna. Proprio non sa come accettarla questa cosa dello scioglimento, le liti, le accuse reciproche, i Pantera che non ci sono piú. Uno di questi è proprio Nathan Gale.

C'è un motivo per cui Nathan non è piú un marine. Non se ne è andato da solo, l'hanno mandato via, congedato con onore, ma fuori dal corpo. I Marines non possono dirlo perché violerebbero la privacy, e cosí sono in pochi a sapere che quel ragazzone apparentemente cosí normale, cosí genuinamente *americano*, in realtà soffre di schizofrenia paranoide e se non si imbottisce di pillole non sta tranquillo. Sua madre forse lo sa, ma non ci pensa, perché per festeggiare il congedo del figlio gli regala una pistola, una Beretta 92 automatica identica a quella che aveva sotto le armi.

Non è una grande idea. Non con uno come Nathan, che passa tutto il suo tempo a pensare ai Pantera, a spaccarsi la testa sul loro scioglimento. Perché lo hanno fatto? Chi ne ha la colpa? Sono uscite alcune interviste in cui Phil Anselmo accusa i fratelli Abbot e Nathan ci crede, sí, sono loro la causa di tutto, è lui, Dimebag Darrell, quello che ha rovinato tutto. Non solo, Nathan è convinto di aver scritto alcune canzoni, testi geniali, pura poesia, e Darrell gliele ha rubate per suonarle con i Damageplan. Dimebag Darrell. È lui il colpevole.

8 dicembre 2004. L'Alrosa Villa è pieno di gente. Darrell sta suonando la sua Dime Tribute a tre punte che la Dean ha ripreso a produrre proprio per lui. Aggrappato alla chitar-

ra eretta in un assolo, le braccia nude, i capelli lunghi che gli scendono crespi fino a metà schiena. Dal fondo del palco, dietro i musicisti, arriva Nathan, che fa qualche passo, punta la sua Beretta su Darrell e gli spara cinque colpi calibro 9 nella schiena.

I Damageplan suonano forte, e i colpi non si sentono subito, Darrell vola in avanti, sulla chitarra, ma il gruppo continua a suonare e la gente salta nella sala. Qualcuno però si è accorto di quello che sta succedendo, c'è uno spettatore che salta sul palco, ma Nathan gli spara e lo uccide. C'è un impiegato dell'Alrose, e c'è anche il capo della security del gruppo, corrono verso Nathan, lui li vede, loro si riparano dietro un tavolo, ma Nathan spara e li uccide.

A questo punto la gente ha cominciato a capire e si è fermata per un momento, in silenzio, e anche il gruppo ha smesso di suonare. Poi scappano tutti, qualcuno urla di chiamare la polizia, e intanto altra gente salta sul palco, ma Nathan continua a sparare. Riesce anche a ricaricare la pistola. Cosí ferisce il tour manager del gruppo, ferisce un tecnico e poi lo afferra per il collo e ci si nasconde dietro, perché intanto è arrivata la polizia.

L'agente Niggemayer era di servizio da quelle parti quando ha sentito gli spari, ha preso il fucile dall'auto di pattuglia ed è corso dentro il locale.

Adesso sono lí, tutti e due immobili come in un film di Tarantino. Nathan con la sua Beretta puntata alla testa del tecnico ferito, e l'agente Niggemayer col suo Remington calibro 12 a pompa puntato su Nathan. Intorno la gente corre e urla, ma loro probabilmente non se ne accorgono neanche. Il primo dei due che fa un errore, il primo che si distrae, è morto.

È Nathan quello che fa l'errore. Il tecnico è ferito, non sta in piedi e si muove in continuazione. Nathan resta scoperto e l'agente Niggemayer preme il grilletto. C'è un video di quei momenti, ripreso da una camera fissa che stava registrando il concerto. Il video è confuso, la gente entra ed esce dalla scena, ma l'audio è chiarissimo. C'è una voce che grida: *Dude! His head is gone!* , Ragazzi, la sua testa è andata!

Anche Darrell è morto. Una spettatrice è un'infermiera, è salita sul palco e ha cercato di rianimarlo, ma Darrell ha tre proiettili nella schiena e due in testa, e non c'è niente da fare.

Viene sepolto nel cimitero di Arlington e sulla sua lapide c'è scritto: *He came to rock*, «Venne per fare del rock, e lo fece come nessun altro, con un cuore due volte la misura del Texas».

Ai suoi funerali c'era tutto l'heavy metal rappresentato in ogni suo genere, dall'hard rock fino al death metal piú estremo. Musicisti barbuti, coperti di tatuaggi, di croci e catene, che volevano rendere omaggio a Darrell ognuno secondo il proprio stile, e non importa se non era proprio il piú adatto a un luogo di culto come quello.

Qualche parente di Darrell, di quelli venuti dal Texas, la prese male. «Sembravano tutti usciti dalle tombe», disse uno di loro.

Ma forse era solo perché preferiva il country all'heavy metal.

L'isola dei famosi

JIM MORRISON

Nessuno piú vide il Re Lucertola

Ci deve essere un'isola nell'oceano Pacifico, una bella isola sperduta e nascosta sulle cui spiagge bianche passeggiano tranquilli Elvis Presley, James Dean, John Lennon e Marilyn Monroe. E magari, a fumare la sua pipa su una sdraio, in disparte, c'è anche Sherlock Holmes, che per i suoi piú appassionati lettori non è un personaggio letterario ma è esistito veramente alla fine dell'Ottocento ed è ancora vivo, perché ha scoperto una specie di siero dell'immortalità.

Sí, perché è quello il problema, l'immortalità. Provare tanta ammirazione verso una persona, meglio se un personaggio, che questo sentimento diventa amore, di piú, passione, e come tutti gli amori non può sopportare la perdita della persona amata. Funziona cosí con la gente normale, figuriamoci per le rockstar.

Lui è una rockstar. Non poteva essere diversamente, è bello, è giovane, è maledetto, è un poeta e fa parte di uno dei gruppi piú grandi della storia del rock, i Doors. Come si fa a pensare che uno cosí, uno come Jim Morrison, sia morto davvero a Parigi il 3 luglio 1971?

L'appartamento si trova al quarto piano del numero 17 di Rue de Beautreillis, nel centro di Parigi, un palazzone ottocentesco dai grandi balconi fioriti. La stanza è quella da bagno. Jim è nella vasca, nudo, immerso per metà, le braccia fuori e la testa piegata di lato. Pamela, la sua ragazza, pensa che stia scherzando, ha gli occhi chiusi ma se ne sta in una posizione cosí naturale e tranquilla. Non risponde, va bene, ma sta fingendo, sicuramente, cosa vuoi che sia successo? Jim, però, continua a non rispondere, a tenere gli occhi chiusi, e Pamela capisce che sí, è successo qualcosa.

Jim è morto.

Ma di cosa? In un primo momento non si sa neppure che è morto. Gli amici di Jim lo sanno piú tardi, e quando arrivano a Parigi, il Re Lucertola, come veniva chiamato dai versi di una sua poesia inserita sul retro di copertina di *Waiting for the Sun*, è già stato sepolto. I genitori non ne vedono il corpo, non lo vedono i suoi avvocati, e Bill Siddons, il suo manager, si rifiuta di vederlo. Alla fine, delle persone che lo conoscevano Pamela è l'unica ad averlo visto morto, lei e il medico parigino chiamato alle prime ore del 3 luglio, il dottor Max Vasille, che ha certificato che la morte di Jim deve essere attribuita a cause naturali. E infatti cosí c'è scritto sul suo certificato di morte, «cause naturali, crisi cardiaca».

Qualcuno non ci crede. I giornalisti si chiedono il perché di tanto silenzio e del ritardo con cui sono state divulgate le notizie, e il dottor Derwin, il medico personale di Jim, afferma che il suo paziente godeva di ottima salute, per quanto può goderne una rockstar come Morrison, che beveva, fumava e assumeva un po' di tutto, tranne l'eroina. E poi perché non è stata eseguita l'autopsia come succede di solito in Francia nei casi di morti sospette? Perché quella è una morte sospetta, cosí all'improvviso, nella vasca da bagno. E lui è Jim Morrison, il figlio maledetto del rock, che in televisione canta una versione quasi porno di *Light My Fire* all'*Eddy Sullivan Show*, che si è fatto arrestare a Miami per aver mimato una masturbazione durante un concerto, insomma è una rockstar, e quando una rockstar muore cosí all'improvviso viene normale farsi qualche domanda. E invece no, Jim viene sepolto in fretta nel cimitero di Père Lachaise, a Parigi, un luogo bellissimo e magico, dove riposano Charles Baudelaire e Oscar Wilde, poeti maledetti e grandissimi come lui. Sulla sua tomba viene posta una lapide, «James Douglas Morrison, poeta, cantante e compositore», e un verso in greco, *Kata ton daimona eautou*, «fedele al proprio spirito», e tutto dovrebbe finire lí. Del resto, cos'altro potrebbe essere successo?

Ci sono varie ipotesi, alcune strane, altre bizzarre, altre addirittura folli.

La piú folle è quella che attribuisce la morte di Jim Morrison a un complotto. Ordito da chi? È ovvio... dalla Cia. Jim Morrison sarebbe stato ucciso con una forzata overdose da una sezione dei servizi segreti incaricata di eliminare le star sovversive del rock. E infatti in quei mesi muoiono anche Janis Joplin e Jimi Hendrix. Jim, Janis, Jimi, qualcuno parla della maledizione della *j*, ma no, dice un giornalista, Alex Constantine, è stata la Cia, che ha pure fatto fuori un testimone scomodo come Pamela, morta anche lei di overdose nel 1974, a Hollywood.

Un'altra, sempre abbastanza folle, mette in relazione la morte di Jim Morrison con le sue credenze esoteriche. Tutta la sua ispirazione artistica si era sempre mossa nel solco di poeti decadenti e visionari come Baudelaire, Rimbaud o William Blake, e la sua band infatti si chiama cosí, The Doors, le porte, da un verso di Blake, «quando le porte della percezione sono spalancate le cose appaiono come veramente sono, infinite», che dà anche il titolo a un libro di Aldous Huxley sugli effetti visionari della mescalina. Jim stesso diceva che quello che faceva con i Doors non era soltanto suonare, i loro non erano soltanto concerti, erano esperienze mistiche, riti di massa che rendevano lui, i musicisti della band e la gente che ascoltava partecipi della creazione del mondo. Fin qui niente di piú di quello che pensa ogni artista, in maniera piú o meno consapevole e appassionata. Ma per qualcuno Jim sarebbe anche andato oltre, era uno sciamano, Jim, uno stregone indiano, e lo era diventato da quando bambino assistette a uno spaventoso incidente d'auto nel New Mexico, un autocarro che trasportava un gruppo di indiani sfracellato sull'autostrada, sangue e corpi dappertutto, e lui, il piccolo Jimmy, lí a guardare. Di piú, dice qualcun altro, Jim era stato iniziato a riti orfici che prevedevano estasi procurate col sangue dei ragni. Ancora di piú, Jim beveva sangue umano assieme a una sua amica strega. Per questo è morto, perché qualcuno lo ha ucciso con un incantesimo o perché il suo spirito guida l'ha abbandonato, lasciando morire il suo corpo in quella vasca da bagno.

Va bene, ipotesi folli, anche se di sicuro piú suggestive di quella banalmente scientifica di un edema polmonare provocato dalla commistione di alcol, droga e un periodo di particolare stress emotivo e fisico, che lo aveva portato ad affittare quell'appartamento per starsene un po' nascosto a Parigi. Ipotesi sulla sua morte, però. E se non fosse cosí? Se Jim Morrison, il Re Lucertola, lo Sciamano del rock, fosse ancora vivo?

Lo pensarono in molti, allora, perché ci scherzava spesso sulla sua morte, su cosa sarebbe successo dopo, e nel '67 aveva anche provato a mettere in giro la notizia del suo decesso, per una specie di macabro scherzo pubblicitario. Cosí c'è chi lo vede nei primi anni Settanta mentre riscuote assegni in una banca di San Francisco, chi riceve una telefonata da lui, proprio da lui, anche se la linea è molto disturbata, chi lo ha incontrato nella sua vecchia casa di Baton Rouge, nudo, seduto su un trono. C'è una donna che avrebbe vissuto con lui per qualche anno, e poi c'è Jacques Rochard, uno scrittore francese che dice di averlo incontrato nel 1980, quindi quasi dieci anni dopo la sua morte. Sono stati assieme per qualche mese, a Parigi, e Jim gli avrebbe detto che aveva inscenato la sua morte per fuggire dal suo mondo caotico e assillante, per potersi dedicare alla poesia con la tranquillità dell'anonimato. Nel 1986 gli avrebbe anche fatto avere per posta le raccolte dei suoi ultimi versi, *Gemiti della coscienza*, *Rumori della memoria* e *Parole di polvere*. Rochard ha anche scritto un libro sui loro incontri, naturalmente, con un titolo semplice e diretto: *Vivo!*

C'è qualcosa di vero e di attendibile in tutto questo? O si tratta soltanto di un atto d'amore che accoglie il pretesto di una morte davvero misteriosa per evitare una sofferta elaborazione del lutto e coltivare una bella e affascinante illusione, bella e affascinante, appunto, come tutte le illusioni?

James Douglas Morrison era nato nel 1943. Ci sono alcune sue foto che lo ritraggono con una folta barba da poeta, e forse basta imbiancarlo un po' per immaginare come potrebbe essere ora.

Magari anche lui sulla spiaggia di quell'isola deserta, a comporre poesie, assieme a Elvis Presley, James Dean, John Lennon, Marilyn Monroe. E Sherlock Holmes.

JOHN LENNON

Adesso Mark non parla piú col Diavolo

Era un cosí bravo ragazzo. Al campus della Ymca, la gioventú cattolica americana, i ragazzini lo adoravano e l'avevano preso come esempio. Il direttore diceva che avesse dentro l'istinto a fare del bene, e infatti una volta che era finito all'ospedale era diventato subito il confidente di tutti quei vecchietti che non avevano nessuno con cui parlare. Un cosí bravo giovane. Uno studente modello. Vendeva le Bibbie porta a porta. Aveva stretto la mano al presidente Ford. Nessuno poteva pensare che l'avrebbe fatto. Nemmeno lui, e lo aveva anche detto, dopo. Non avrei mai pensato di essere capace di farlo.

Uccidere John Lennon.

Aspettarlo sotto casa, puntargli contro una pistola e spargli addosso cinque colpi calibro 38.

Ai cambiamenti improvvisi Mark David Chapman c'è abituato. Di aspetto, di personalità, anche di nome. Da bambino è *pussy*, fighetta, perché è un tipo timido e introverso, una frana nello sport, e quindi il bersaglio preferito dei compagni di scuola. Gli unici amici che ha se li è inventati. Sono un popolo di omettini minuscoli di cui lui è il re. Appare tutti i giorni in televisione e parla col suo popolo, che lo adora, anche perché re Mark organizza per loro una serie di concerti con il suo gruppo preferito, col quale suona lui stesso. Qual è il gruppo? Non c'è neanche bisogno di chiederlo, sono i primi anni Sessanta e re Mark è un ragazzino di Fort

Worth, Texas, ma potrebbe essere un ragazzino di New York, Roma, Parigi o anche Tokyo. Sono i Beatles il suo gruppo preferito. Ogni tanto, però, re Mark fa qualcosa di diverso dall'organizzare concerti per il suo popolo. C'è un bottone sul sofà del suo salotto, e quando gli omettini si comportano male re Mark lo preme e li fa saltare per aria.

Al college Mark cambia, e anche questo è abbastanza normale, dato che siamo nel 1969. Si fa crescere i capelli, si veste con una vecchia giacca militare, un vecchio pastrano verde, e comincia a saltare le lezioni per andare a farsi le canne. Poi però va avanti, passa all'Lsd e all'eroina e si fa arrestare dalla polizia. La madre lo chiude in casa, ma Mark scardina la porta e scappa a Miami per due settimane, dormendo per strada. Mark. Mark il barbone.

Passano un paio di anni e Mark cambia ancora. È il 1971 quando assiste al convegno di un predicatore della California, e ne resta fulminato. Si taglia i capelli, si mette al collo una grande croce di legno e diventa un cristiano rinato. Si trova anche una ragazza, Jessica, una cristiana come lui, e si mette a lavorare nei campus estivi della Ymca. I ragazzini lo adorano, lo chiamano Nemo, come il capitano Nemo, il personaggio di un libro di Jules Verne, e fanno tutto quello che dice. Mark è un bravo ragazzo, uno che si dà da fare. Lo mandano in Libano con un programma internazionale, e quando scoppia la guerra civile va a occuparsi dei rifugiati vietnamiti a Fort Chafee, in Arkansas, dove è un angelo con i bambini. È un bravo ragazzo, Mark. Un angelo, un buono. A parte qualche volta. Per esempio quando succede quella cosa, quando John Lennon dice che loro, i Beatles, sono piú famosi di Gesú Cristo. Questo a Nemo non piace. Ci fa anche una canzone, che canta assieme a Jessica e ai suoi amici rinati. È sulle note di *Imagine* e ha una strofa che dice: *Imagine John Lennon is dead*, immagina che John Lennon sia morto.

Poi però cambia tutto di nuovo. Fighetta, Mark il barbone, il capitano Nemo... Mark ha raggiunto Jessica all'università, un rigido istituto presbiteriano, e si mette a studiare con lei. Poi però si lascia sedurre da un'altra studentessa, ci fa l'amore in un motel vicino all'istituto e viene divorato dai sensi di colpa finché Jessica non lo scopre e lo molla. Litiga con tutti, con i professori dell'università, e si fa cacciare, con il direttore del campus dell'Ymca, e si fa licenziare. Nel 1977 Mark ha ventidue anni e non è piú il capitano Nemo, non è piú niente, solo Mark. Un suo amico gli ha fatto leggere un libro di J. D. Salinger, *Il giovane Holden*, e lui si è identificato con Holden Caulfield e le sue inquietudini. Il giovane Mark. Ha un'idea in testa, il giovane Mark. Andarsene alle Hawaii con i milleduecento dollari che ha da parte, spenderli tutti vivendo come un turista in Paradiso e quando sono finiti ammazzarsi.

Non ci riesce. Si chiude in macchina su una spiaggia deserta per uccidersi con le esalazioni del tubo di scappamento, ma lo salva un pescatore che passa di lí. Finisce in ospedale ed ecco che torna il capitano Nemo, quello bravo, quello buono, il ragazzo che suona la chitarra per i degenti, le canzoni dei Beatles, naturalmente, ed è cosí un angelo che quando guarisce lo prendono a lavorare come volontario. Le cose cominciano ad andare meglio. Mark conosce Gloria, una ragazza di origine giapponese, si fidanza con lei e un giorno le chiede di sposarlo, e lo fa nel modo piú romantico che si riesca a immaginare. Sta camminando con lei sulla spiaggia quando si ferma, si china e scrive: «Vuoi sposarmi?» sulla sabbia. Un angelo, Mark, cosí buono, cosí bravo.

E ancora una volta cambia tutto, di nuovo. Tornano le inquietudini, tornano le ansie, tornano le ossessioni. Questa voglia irresistibile di rovinare tutto, di distruggere, di scappare. E tornano anche loro, gli omettini del suo popolo, che adesso lo chiamano signor presidente, e lo adorano come una volta. Intanto Mark compra copie di *Il giovane Holden* e fa una richiesta ufficiale al comune di Honolulu per assumere il nome di Holden Caulfield. Adesso sono i soldi a ossessionarlo, i debiti, le spese, il risparmio che lo fa diventare tirchio a livelli impensabili. Ha letto un libro che lo ha reso furioso. Si chiama *One Day a Time* e parla di un uomo molto ricco e famoso che si chiama John Lennon. Ma come, predica la pace e l'amore e ha tutti quei milioni? E vive a New York in quel palazzo di lusso? Mark comincia a odiare John Lennon, a pensare che è giusto andare a New York e dargli una lezione. Che è giusto andare fin là e ucciderlo. C'è qualcuno che è contrario. Sono gli omettini. «Signor presidente, – gli dicono, – non lo faccia. Pensi a sua moglie, pensi a sua madre. Pensi a se stesso». Ma c'è qualcuno che la pensa diversamente dagli omettini e che da un po' di tempo gli parla con ossessività suadente. È Satana, e Mark lo ascolta nudo davanti allo stereo che suona a tutto volume le canzoni dei Beatles, leggendo brani di *Il giovane Holden*. Uccidi John Lennon, gli dice Satana. Non lo faccia, signor presidente, dicono gli omettini. Fallo, dice Satana. *Do it, do it, do it.* Fallo, fallo, fallo.

L'8 dicembre 1980 Mark è fermo davanti al Dakota, un palazzo di lusso al numero 72 di West End, proprio di fronte a Central Park. Ha già visto uscire Lauren Bacall, Mia Farrow, Paul Simon e altre celebrità che vivono lí. Chiacchiera col portiere, che si è fatto amico. In mano ha un album di John Lennon, *Double Fantasy*, che è uscito quell'anno. In tasca ha una 38 a canna corta. E ha anche un'altra cosa: *Il giovane Holden*, la copia che è andato a comprare proprio quella mattina. Alle 10,30 del mattino John Lennon esce dal palazzo assieme a Yoko Ono e ai membri del suo staff. Mark è paralizzato, ed è il portiere a spingerlo verso John Lennon per farsi firmare il disco. Lennon lo fa, glielo firma, poi lo guarda e con voce gentile gli chiede: «È questo tutto quello che vuoi?» Mark non riesce a muoversi, la mano in tasca, ferma sulla pistola. «È questo tutto quello che vuoi?» ripete John Lennon, e Mark dice: «Sí. Grazie, John».

Lennon monta nella limousine che lo sta aspettando e se ne va, lasciando Mark sul marciapiede, la pistola in una tasca, *Il giovane Holden* nell'altra e il disco con la firma, «John Lennon, dicembre 1980», in mano. Potrebbe andarsene, tornare a Honolulu, dove c'è sua moglie che l'aspetta, ma c'è quella voce che ha dentro la testa, c'è Satana che gli dice: *do it, do it, do it*, fallo, fallo, fallo.

Mark resta sul marciapiede del Dakota a parlare con il portiere fino alle 22,50, quando John Lennon torna dallo studio di registrazione e gli passa davanti, diretto all'ingresso del palazzo. Mark grida: «John Lennon!» e quando Lennon si volta gli punta addosso la pistola, tenendola a due mani. Lennon cerca di scappare, ma Mark spara cinque volte. Con quattro colpi addosso Lennon riesce a fare qualche passo, poi dice: «Mi hanno sparato» e crolla a terra. Mark si lascia disarmare dal portiere e aspetta la polizia. Ha tirato fuori *Il giovane Holden* e cerca di leggere qualche pagina, nell'attesa. Quando arrivano i poliziotti dice solo: «Mi dispiace di avervi dato tutti questi problemi, ragazzi».

Adesso Mark David Chapman è chiuso in una cella nel penitenziario di Attica. Una cella di isolamento, perché anche se ormai ha cinquant'anni, è un detenuto modello e non parla piú col Diavolo, in carcere ci sono molti fan di John Lennon che vorrebbero fargli la pelle. È per questo che quando presenterà la richiesta di scarcerazione alla commissione per la libertà vigilata probabilmente gliela rifiuteranno.

Per lui, essere messo in libertà, sarebbe come una condanna a morte.

ELVIS E KENNEDY

Chi ha ucciso il Presidente?

Di storie strane in giro ce ne sono parecchie, soprattutto quando si parla di personaggi famosi e di morti misteriose. Si chiama «dietrologia», o «teoria del complotto», qualche volta ci prende, il piú delle volte no, e comunque stupisce sempre. Fra tutti gli argomenti che hanno sviluppato le teorie del complotto il piú fecondo è stato sicuramente quello dell'assassinio di John Fitzgerald Kennedy. Non ci crede praticamente nessuno che a sparare al presidente degli Stati Uniti sia stato Lee Harvey Oswald, da solo e senza aiuto. Però in pochi saranno disposti a credere alla piú pazzesca teoria del complotto che riguarda l'omicidio del Presidente, la piú incredibile e la piú sconvolgente. Quella per cui a uccidere Kennedy sarebbe stato nientedimeno che Elvis Presley.

Tutto comincia nel settembre del 1958, quando Elvis sta facendo il servizio di leva nell'esercito e viene trasferito dal campo d'addestramento di Fort Hood alla 24ª divisione di fanteria di base in Germania. Elvis è già Elvis, è famoso, ha già venduto milioni di dischi e fatto tre film, ma per il comandante della base, il generale Edwin Anderson Walker, è soltanto *that hip swinging, hound dog face soldier*, quel soldato sculettante dal viso da cane da caccia. Il generale umilia Elvis trattandolo come l'ultima recluta, ed Elvis comincia a odiare il generale, a odiarlo ferocemente. Diventa un'ossessione quel maledetto generale Walker. Almeno, cosí dice la teoria del complotto.

Fermiamoci qui. Lasciamo per un momento Elvis al suo servizio militare in Germania e torniamo indietro per incontrare l'altro protagonista fondamentale di questa ipotesi. È una donna, è anche lei una cantante e un'attrice famosa: Ann-Margret. Nel 1946, molto prima di diventare l'icona pop piú rappresentativa degli anni Sessanta e Settanta, prima di incidere dischi e interpetare film come *La ragazza yè yè* e *Tommy*, Ann-Margret Olsson aveva cinque anni e ballava come piccola star al Radio City Music Hall di New York, ma era già stata notata da un affabile e cordiale amico di famiglia, Aleksandr Semënovič Feliksov, che in realtà è un alto ufficiale del Kgb. Ann-Margret è figlia di immigrati svedesi antinazisti, ha simpatie comuniste, è bella, anticonformista e ribelle, e per Feliksov sarebbe una spia perfetta. E infatti lo è: Feliksov la arruola nel Kgb, la ragazza si dà da fare, infiltra di idee comuniste l'ambiente di Hollywood e a mano a mano che diventa una star recluta attori e intellettuali nei servizi segreti sovietici. Due tra i piú importanti: il commediografo Arthur Miller e la sua bella moglie, Marilyn Monroe. Almeno, cosí dice la teoria del complotto.

Torniamo a Elvis. Finito il servizio di leva, Elvis torna in America e ai suoi successi discografici, ai suoi film, ai suoi fan, diventa definitivamente The King, il Re, ma del generale Walker non si scorda. Continua a odiarlo con tutte le sue forze, anzi, vorrebbe vederlo morire e lo racconta a tutti, vuole che il generale muoia. E perché aspettare? Perché non anticipare i tempi e assoldare qualcuno che lo uccida? A suggerire questa idea a Elvis è una sua amica che sta registrando un disco a Memphis per la sua stessa casa discografica: Ann-Margret. Lei saprebbe chi consigliargli, ha molti amici nella malavita organizzata, giocatori d'azzardo, gangster, anche un boss del calibro di Carlos Marcello. Ha sottomano l'uomo giusto, un balordo spiantato e un po' pazzo che ha reclutato lei stessa per il Kgb: Lee Harvey Oswald. Elvis e Oswald si incontrano all'aeroporto di Dallas e Oswald accetta l'incarico di ammazzare il generale, ma il suo piano è cosí male organizzato che fallisce.

Intanto succede un'altra cosa. Il 5 maggio del 1962, Marilyn Monroe viene trovata morta nella sua villa di Brentwood. Sembra un suicidio, ma in realtà sono stati Robert Kennedy, il fratello del Presidente in quel momento ministro della Giustizia, e l'attore Peter Lawford, suo cognato, a soffocare Marilyn con un cuscino e poi a simulare un'overdose di barbiturici per difendere Jfk dalle voci imbarazzanti di una sua relazione con l'attrice.

Ann-Margret lo ha saputo da un suo infiltrato nell'Fbi ed è arrabbiatissima, perché ha perso uno dei suoi agenti migliori. Ed è da quel momento, cosí dice la teoria, che comincia a odiare John Fitzgerald Kennedy, di quello stesso odio feroce e implacabile con cui Elvis odiava il generale Walker.

Che succede a questo punto? Ann-Margret, lo abbiamo visto, è una mente diabolica e perversa. Vuole vendicarsi, e cosí, mentre è sul set di *Viva Las Vegas* assieme a Elvis, dopo una notte d'amore con lui al Sands Hotel lo ricatta minacciando di denunciare il suo tentativo di omicidio ai danni del generale, e lo costringe ad aiutarla.

Dallas, 22 novembre 1963. Elvis è appostato alla finestra del sesto piano di un deposito di libri e imbraccia un fucile, un Mannlicher-Carcano procuratogli da Lee Harvey Oswald. Oswald vorrebbe essere lui a sparare, ma visto il fallimento con il generale è meglio che sia Elvis a prendere la mira. E infatti, ecco che arriva l'auto del Presidente, preceduta dal segnale voluto da Elvis: sulla strada c'è il capo delle sue guardie del corpo, Bobby Gene West detto The Dragon, il Dragone, che accende un registratore portatile facendo risuonare nell'aria le note di *It's Now or Never*, uno dei suoi successi. *It's Now or Never*, che suona piú o meno come: ora o mai piú.

Elvis spara e uccide Kennedy, poi scappa. Al suo posto Ann-Margret, diabolica come sempre, fa arrestare Oswald e il resto è storia, dalla commissione investigativa del senatore Earl Warren al film *Jfk* di Oliver Stone.

Torna tutto, incontri, conoscenze, date, coincidenze, e cosí Elvis Presley diventa l'assassino del presidente Kennedy per soddisfare la sete di vendetta di Ann-Margret, che vuole vendicare la morte di Marilyn Monroe spia del Kgb. Piú bello di cosí... Poi arriva il buonsenso e ci dice che in effetti incontri, nomi, conoscenze, date e coincidenze non bastano, che ci vogliono anche moventi credibili, prove certe, testimonianze attendibili, precedenti accertati e documenti per poter credere a qualcosa, in questo caso come in tutti quelli su cui si sono sempre esercitate dietrologia e teorie del complotto.

Di certo, in tutta questa storia, c'è solo che John Fitzgerald Kennedy è stato presidente degli Stati Uniti ed è stato ucciso a Dallas nel 1963, e che Ann-Margret ha fatto e continua a fare film e dischi. Ed Elvis? Elvis ha continuato anche lui a fare film e dischi, finché non ha deciso di simulare la sua morte e si è ritirato su un'isola del Pacifico dove si trova attualmente assieme a John Lennon, Jim Morrison e Marilyn Monroe.

Lo sanno tutti.

MARILYN MONROE

Un posto per festeggiare i novant'anni

5 agosto 1962, è una domenica e sono le 4,25 del mattino. Il sergente Jack Clemmons, che comanda la stazione di polizia di Los Angeles ovest, riceve una telefonata. A chiamarlo sono due medici, uno psichiatra molto noto, Ralph Greenson, e un medico generico, il dottor Engelberg. Una delle loro pazienti è morta nella sua villa di Brentwood, che sta sotto la giurisdizione di Clemmons. È una paziente famosa, e quando il dottor Engelberg gli dice chi è, il sergente ha un sussulto.

Si chiama Marilyn Monroe.

Quando la polizia arriva alla villa trova Marilyn a letto, nuda e riversa con il volto contro il cuscino, la mano che sembra protesa verso la cornetta del telefono. Il corpo viene trasportato all'ospedale, e dall'autopsia eseguita dal dottor Thomas Noguchi, famoso per aver effettuato anche quelle su John Belushi, Robert Kennedy e Sharon Tate, risulta presente nell'intestino dell'attrice una dose eccessiva di pentobarbital (Nembutal), un forte sonnifero, mista a idrato di cloralio, un altro barbiturico. Combinate insieme e in dose eccessiva, le due medicine sono letali. Sul suo referto il dottore scrive che il suicido è «molto probabile». In fondo la Monroe ci aveva già provato altre volte, per esempio quando Johnny Hyde, l'agente che l'aveva lanciata procurandole una parte in *Giungla d'asfalto*, morí per un attacco di cuore e lei era talmente depressa che svuotò una bottiglietta di barbiturici.

Un suicidio, allora. Ma perché?

Quando muore Marilyn Monroe non è un'attrice come le altre. Non è neanche una star come le altre. Quando muore Marilyn Monroe è già un mito, è «la Monroe». Ed essere la Monroe non è facile. C'è una foto che la racconta bene, anzi, una serie di foto. Poco dopo la sua morte, Andy Warhol, il maggior rappresentante della pop art, la ritrasse in una serie di foto in primo piano, tutte uguali e dai colori sgargianti. A guardarlo, quel sorriso radioso che all'apparenza sembra felice, dopo un po' ci si rende conto di quanto possa essere malinconico e assente. Questo sorriso ripetuto, queste foto uguali tra loro ma diverse per le mille variazioni cromatiche, possono ben rappresentare le numerose sfaccettature che hanno fatto di questa donna, amante e attrice, un mito.

Sensuale ed erotica, sogno di milioni di uomini, piú volte sposata e coinvolta in decine di relazioni amorose: anni dopo le trascrizioni delle sue sedute psichiatriche diranno che si vantava con il suo dottore di essere bravissima a fingere orgasmi. Marilyn subí anche numerosi aborti e infine le fu comunicato che non poteva avere figli. Sempre sorridente e allegra, sbarazzina e giocosa all'apparenza, ma nella vita depressa e malinconica, di padre sconosciuto e con una madre sofferente di disturbi nervosi. Neanche il suo nome era quello, Marilyn Monroe, ma era Norma Jeane Baker Mortenson, il che è normale per una star di Hollywood. Il particolare importante, però, è che neanche il doppio cognome Baker Mortenson in un certo senso era del tutto suo. Marilyn lo prese dai due mariti della madre, e nessuno dei due era il suo reale padre, che rimarrà sempre sconosciuto. E neanche la sua famosa capigliatura bionda è vera. Marilyn era una rossa naturale, ed era stato proprio Johnny Hyde, il suo agente, a convincerla a tingersi e cotonarsi per quella parte in *Giungla d'asfalto*.

Poi era arrivato tutto il resto, *Niagara*, *A qualcuno piace caldo*, *Gli uomini preferiscono le bionde*, tanti film di successo, il matrimonio col drammaturgo Arthur Miller, con il campione di baseball Joe Di Maggio, con il produttore Bob Slatzer, *Happy birthday, Mister president* cantato con una vocina sensuale al compleanno di John Kennedy... E dire che quando era ancora Norma Jeane e viveva con i genitori adottivi prendeva una paghetta di cinque centesimi al mese in cambio dei quali doveva lavare sempre i piatti. I due avevano anche figli loro, e a Natale preparavano l'albero. Tutti i piccoli ricevevano un regalo, tranne lei. Una volta uno dei bambini le regalò un'arancia che mangiò dopo, tutta sola. Era ancora questa la vera Marilyn? O era quell'altra, la star, il mito, l'icona?

Un suicidio, allora. Però non basta. Quando si è cosí, quando si è «la Monroe», un semplice suicidio non è mai sufficiente. Anche perché qualche buco, nella ricostruzione della polizia e del dottor Noguchi, in effetti c'è.

Gli ultimi a parlare con Marilyn sono il figlio del suo ex marito, Joe Di Maggio, che la chiama alle 19,15 e la trova di buonumore, e l'attore Peter Lawford, che invece quando la chiama alle 20 la trova profondamente depressa, tanto che si spaventa. E poi c'è uno dei suoi amanti, Pete Bolanos, che dice che stava parlando con lei al telefono attorno alle 21,30 quando all'improvviso è caduta la comunicazione. Poi, attorno a mezzanotte, Marilyn viene trovata morta nel suo letto, come dichiarano i medici accorsi alla villa, il dottor Greenson e il dottor Engelberg, e anche l'infermiera Eunice Murray, che il dottor Greenson aveva assegnato a Marilyn perché la seguisse nelle sue crisi depressive. Però, quando al sergente Clemmons arriva quella telefonata: «Sono il dottor Hyman Engelberg, medico di Marilyn Monroe. Sono in casa sua. È deceduta», sono quasi le 4,30 del mattino. E infatti quando Marilyn arriva all'obitorio tra le 5 e le 6 di mattina il suo corpo è in stato avanzato di *rigor mortis*. Come si spiega quel ritardo? Perché hanno aspettato il permesso dell'ufficio stampa della 20th Century Fox. Va bene, è possibile, con una star come la Monroe. O forse no.

C'è chi dice di aver notato una certa confusione quella notte. Di aver visto un'ambulanza che caricava Marilyn e dopo un po' la riportava a casa. E in effetti appena sopra il fianco destro c'è un livido molto recente, come se Marilyn avesse sbattuto da qualche parte, ancora da viva, magari durante un trasporto.

E anche l'autopsia non è cosí chiara. Intanto vengono analizzati in maniera approfondita solo il fegato e il sangue e non lo stomaco e l'intestino. Dove, a una prima analisi, non vengono trovati cristalli o residui di pillole.

E poi c'è la porta. Il dottor Greenson dice che la porta della camera di Marilyn era chiusa e che per entrare ha dovuto rompere il vetro di una finestra con un attizzatoio. Ma come nei migliori gialli, la porta non ha una serratura che si possa bloccare, e i vetri della finestra non sono dentro, sul pavimento, ma fuori, nel giardino, come se la finestra fosse stata rotta dall'interno. Il diario di Marilyn, poi, è sparito.

Ma se Marilyn fosse stata uccisa, come sarebbe accaduto? E perché? Le ipotesi sono tante.

Marilyn potrebbe essere stata uccisa con una iniezione letale, che appunto non avrebbe lasciato tracce nello stomaco ma solo nel sangue. Ma non c'erano segni di punture sul suo corpo. Magari non a Brentwood, in un altro luogo, da cui era stata portava via in ambulanza e composta nel suo letto. Infatti, dice il sergente Clemmons, quando si trova la vittima di un'overdose da barbiturici di solito è in posizione contorta, e spesso ha vomitato, e invece lei era cosí distesa...

Ma perché è morta? E soprattutto, chi l'avrebbe uccisa?

Ci sono tante ipotesi.

Quelle che hanno avuto il maggior seguito riguardano la famiglia Kennedy, e parlano di una relazione amorosa che Marilyn avrebbe avuto prima con il presidente John Kennedy e poi con suo fratello Robert. Una relazione piuttosto imbarazzante e pericolosa, che sarebbe stata troncata in modo brusco dai servizi segreti. O dalla mafia, per incastrare e ricattare John e Robert.

Ci sono tante ipotesi, che però quello restano, ipotesi, e basta. C'è anche quella che Marilyn abbia fatto finta di morire e sia viva da qualche parte in attesa di festeggiare i novant'anni, come Elvis Presley e Jim Morrison, e nonostante tutta la nostra morbosa sete di «giallo», verrebbe voglia di credere proprio a questa, la piú incredibile di tutte.

Marilyn ci ha lasciato col suo volto sorridente e assente, dalle mille interpretazioni. Un volto enigmatico, come la *Gioconda*. Due volti che troviamo spesso a rappresentare due periodi diversi dell'arte, il Rinascimento e il Contemporaneo. Marilyn e la *Gioconda*: due volti, due sorrisi misteriosi.

JAMES DEAN

Proprio quella macchina lí, la Piccola bastarda

In questa storia i miti maledetti e misteriosi sono due. Uno è un uomo, e non basta che fosse un attore giovane morto all'improvviso all'apice della sua popolarità. È un mito perché è lui: James Dean.

L'altra, invece, è un'automobile, e non basta neppure che fosse l'icona stessa dell'auto sportiva di lusso per eccellenza: la Porsche. Quella Porsche, una Speedster 550 metallizzata, è un mito perché è quella macchina, la *little bastard*, la piccola bastarda che lo ha ammazzato.

Lui, quindi, è James Byron Dean, e visto che è un attore a raccontare la sua vita sono utili alcune foto. La prima è quella di un bambino biondo di nove anni che sorride alla macchina fotografica. Camicia bianca, capelli corti e riga da una parte, sta sul giardino di una casetta borghese di Marion, nell'Indiana. Suo padre fa il dentista e sua madre non è ancora *passed out of my life*, uscita dalla mia vita, come scrive lui stesso nella sua autobiografia. E infatti Jimmy è ancora un bambino che sorride.

La seconda lo vede seduto su una poltrona di pelle, vestito di nero, le gambe sul bracciolo, un paio di stivaletti da cowboy e la mano agganciata al mento, il pollice sulle labbra, in una piega inquieta e pensosa. È già un attore, dopo gli studi di recitazione all'Università della California, dopo le particine nei film e nelle pubblicità, dopo i provini a New York, altre particine a Broadway e finalmente l'ammissione all'Actors Studio di Lee Strasberg, la piú prestigiosa ed esclusiva scuola di recitazione. C'è stato anche Marlon Brando, scrive James ai suoi genitori. Marlon Brando, un altro mito maledetto e tenebroso come lui. Ma un po' meno.

La terza foto sembra scattata da Cartier-Bresson, anzi, da Robert Doisneau, quello dei due che si baciano tra la folla, per le strade di Parigi. Jimmy non bacia nessuno, cammina da solo, con una macchina fotografica al collo, l'impermeabile svolazzante, e magari non è neanche Parigi quella città, è New York, ma non importa. In quella foto Jimmy Dean è altrettanto bello, maledetto e inquieto. Di film come protagonista ne ha fatti soltanto tre: è stato il disperato e sensibile Cal Trask in *La valle dell'Eden*, poi il cinico Jett Rink in *Il gigante*, ma in mezzo, è stato l'inquieto, asociale e tenerissimo Jim Stark di *Gioventú bruciata*, che in inglese suona meno moralisticamente *Rebel without a Cause*, ribelle senza una causa. Tutti e tre nello spazio di due anni, tra il 1955 e il 1956. Poi basta, e a spiegare perché ecco la quarta fotografia.

Jimmy è al volante di una scollatissima Porsche 550 metallizzata. Che non è proprio un'auto sportiva, è una vera e propria auto da corsa, di quelle di allora, gli anni Cinquanta. Ma non è un'auto come le altre, è quell'auto, la sua. L'ha comprata da poco, prima aveva un'altra Porsche, una Speedster 356. Ci ha fatto scrivere sulle fiancate il numero 130, in rosso, come la stoffa dei sedili e le cinture di sicurezza, e dietro, in corsivo, *little bastard*, piccola bastarda, perché Piccolo bastardo era anche il soprannome di Jimmy. È il 21 settembre 1955. Tra meno di dieci giorni i due piccoli bastardi, Jimmy Dean e la sua auto, entreranno nel mito.

30 settembre 1955, sono le 5,30 di sera, e sulla Route 466 il sole sta tramontando. La Route è una di quelle lunghe strade della California, come la Highway 99, che la Speedster di Jimmy percorre quella mattina. È tutto il gior-

no che guidano lui e il suo meccanico di fiducia, Rolph Wütheric, che lo accompagna a Salinas, per una corsa a cui Jimmy vuole partecipare. Anzi, è tutto il giorno che corrono, Jimmy ha seminato gli amici che lo stavano seguendo su un'altra macchina e adesso sfreccia come un razzo a centosessanta chilometri all'ora. Poco prima lo aveva fermato un poliziotto, il limite era attorno agli ottanta, ma non è che una multa può fermare uno come Jimmy Dean, quello di *Rebel without a Cause*.

Nei pressi di Paso Robles, vicino a Cholame, la Route 466 incrocia un'altra strada, la Route 41. Da lí sta arrivando un'altra auto, una grossa Ford Tudor del '50, un carrozzone bombato, bianco e nero. Al volante c'è un ragazzo di ventitre anni che si chiama Donald Turnupseed. Donald sta tornando a casa, è stanco, il sole sta calando, le ombre luccicano sulla strada, lui pensa ai fatti suoi, e quando arriva all'incrocio con la 466 gira a sinistra per imboccarla. «Ci ha visti, adesso si ferma», dice Jimmy a Rolph, ma Donald non li ha visti e la Porsche 550 si schiaccia contro la Ford Tudor ai centosessanta all'ora, ci entra dentro come un siluro, praticamente senza frenare. Una botta pazzesca. La 550 è *crumpled up like an empty cigarette pack*, dice un testimone, schiacciata come un pacchetto di sigarette vuoto.

Donald è fortunato, sbatte da tutte le parti dentro la Ford ma si fa solo qualche livido. Rolph vola fuori dalla Porsche, si spacca una gamba e batte la testa, ma nient'altro. Jimmy invece no. Si schiaccia contro il volante, si fracassa le costole e gli organi interni, sbatte la faccia e si spezza il collo. Lui non ce la fa, lo portano all'ospedale e mezz'ora dopo il coroner Werrick ne dichiara la morte.

Da quel momento Jimmy diventa un mito. Jimmy Dean, quello che ha lasciato a metà il corso di Giurisprudenza, al college, per studiare recitazione. Che se ne è andato di casa dopo aver litigato col padre e in tre film è diventato un divo da Oscar. Non importa se è un mostro di recitazione, un talento naturale e anche un gran professionista, è Jimmy Dean, uno che brucia la candela da tutte e due le parti. È un ribelle senza causa, bello, maledetto e inquieto come tutti gli adolescenti e pure gli adulti, comunque, anche se crescono. Insomma, un mito.

E la 550? Lo abbiamo detto, questa è la storia di due miti maledetti, e uno è lei. Proprio quella macchina lí, la Piccola bastarda, non una Porsche qualunque. Ci sono un sacco di strani episodi, su quella macchina con il numero 130 sulle fiancate.

A Cholane, per esempio, proprio a un passo dall'incrocio di Paso Robles, era stato eretto un museo in memoria di James Dean. Dentro ci sarebbe stata benissimo la 550 argentata, ma non è stato possibile. Perché? Perché non c'è piú.

La leggenda nera della 550 inizia poco dopo la morte di Jimmy. Il rottame, che è comunque sempre una Porsche – e che Porsche – viene acquistato da George Barris, che di mestiere fa il *customer car*, cioè trucca e personalizza le auto per le star di Hollywood e del cinema: sue, per esempio, sono la Batmobile di Batman e il Generale Lee dei Dukes del telefilm *Hazard*. Barris compra la 550 per duemilacinquecento dollari e la fa caricare su un camion, ma l'auto si stacca dal rimorchio e rompe una gamba al camionista. Barris si tiene la carrozzeria e vende il motore a un pilota dilettante, un medico ortopedico appassionato di Porsche – e quella è sempre una Porsche, e che Porsche – e a un altro medico suo amico la trasmissione della 550. Ma durante una gara il primo esce di strada e ammazza un cronometrista, e il secondo tira dritto a una curva e a momenti ci lascia la pelle. Due ragazzi che cercano di rubare la 550 dal garage si feriscono tagliandosi con la lamiera e vengono scoperti. Allora a qualcuno viene in mente di usarla come testimonial per una campagna sulla sicurezza nelle strade. La espongono in una scuola, ma la 550 cade giú dal piedistallo e tronca le gambe a un ragazzino di quindici anni. Allora la portano in un'altra scuola, ma durante il trasporto il camion viene tamponato da un'auto, la 550 schizza indietro, sfonda il portellone e vola giú ammazzando l'autista.

Perché non è al mausoleo di Cholane? In fondo è l'auto di Jimmy Dean, sarà anche maledetta come la tomba di Tutankhamon ma i fan ci terrebbero sicuramente. Perché è sparita. Visti i danni che ha fatto, la mettono su un treno per riportarla a Los Angeles, ma quando arriva in stazione il container è vuoto. Dov'è finita la Porsche? Non si sa.

Saranno anche tutte leggende, *rumors*, pettegolezzi da mito maledetto, come tanti che si sono detti dello stesso James Dean dopo la sua morte e di tante altre star inquiete come lui.

Sta di fatto che da allora la Porsche Speedster 550, la Piccola bastarda di Jimmy Dean, nessuno l'ha piú vista.

Indice

Stampato per conto della Casa editrice Einaudi
Presso Mondadori Printing S.p.a., Stabilimento N.S.M., Cles (Trento)
nel mese di giugno 2009

C.L. 19541

Edizione							Anno			
1	2	3	4	5	6	7	2009	2010	2011	2012